La Danza de la Rosa

I0460576

Incluye docenas de testimonios de familias que emigraron a los Estados Unidos.

Betty Viamontes

La Danza de la Rosa

Título Original: La Danza de la Rosa

Publicado en los Estados Unidos de América por Zapote Street Books, LLC, Tampa, Florida

Traducido por Betty Viamontes

ISBN: 978-0986423772 (edición en español)
ISBN: 978-0986423765 (edición en inglés)

Zapote Street Books LLC, fotografía de la portada por Betty Viamontes
Impreso en los Estados Unidos de América

Les dedico este libro-

A mi madre, una rosa que floreció entre las casas en ruinas de la
calle Zapote, maestra de la invención, valiente soñadora
y eterna esperanza frente a la vida.

A mi tía Pilar y a mi tío Mario, por su amor generoso, su bondad
constante y la silenciosa abnegación con la que han iluminado mi
camino.

A mi esposo, Iván, por encontrarme cuando mi corazón más
necesitaba ser encontrada
y por caminar a mi lado desde entonces.

Y a mis lectores,
quienes abren las páginas de mis libros
y convierten mis historias en parte de sus propias vidas.

Capítulo 1 – Antes de salir de Cuba

Sección 1 – La emergencia

La sangre corría por las manos de Gustavo mientras me las ofrecía, llorando. El vaso que llevaba se le había roto al resbalar en el portal. Pequeños fragmentos brillaban sobre las baldosas rojas, y varios seguían clavados en sus palmas.

Yo tenía doce años.

Los tres adultos que vivían en nuestra casa —mi madre, Laura, la tía Berta y el tío Antonio— estaban trabajando. No había teléfono, ni nadie más que pudiera ayudarnos.

A pesar de mi miedo a la sangre, eché azúcar sobre sus heridas para frenar la hemorragia. Luego le retiré cuidadosamente los fragmentos de cristal y le enjuagué las manos bajo el agua corriente.

Después de presionar toallas contra los cortes, reuní a varios niños del barrio que se ofrecieron a acompañarnos. Juntos fuimos en autobús a las urgencias del hospital más cercano.

Cuando finalmente llegó nuestro turno, el doctor alzó las cejas ante la multitud de niños que nos rodeaba.

—¿Dónde está su madre? —preguntó.

—Soy su hermana mayor —dije.

Me miró sorprendido.

—¿Cuántos años tienes?

—Doce.

Por un momento, el doctor me estudió como si decidiera si creerme. Luego asintió y llamó a una enfermera.

Mientras empezaban a limpiar y vendar las manos de Gustavo, su llanto se fue apagando hasta convertirse en sollozos silenciosos. Me quedé junto a la camilla de exploración, observando cada movimiento, temiendo que, si apartaba la mirada, algo saliera mal.

Ese día aprendí algo sobre mí misma.

Cuando no había nadie más para ayudar, yo daba un paso adelante. En los años siguientes, tendría que hacerlo de nuevo —más veces de las que jamás habría imaginado.

Sección 2 – La niña que no encajaba

Nunca me consideré una niña normal: torpe, impulsiva, impredecible, inteligente, introspectiva —quizá incluso patética a veces—, pero nunca típica. Por mucho que lo intentara, nunca encajé del todo en ningún grupo. Ser la mayor significaba que a menudo me convertía en la responsable.

Mi hermana Lynette era un año menor que yo, y nuestro hermano Gustavo era dos años menor que ella. Sin embargo, mi cuerpo delgado, casi de palitos, hacía que a veces la gente asumiera que Lynette era la mayor.

A medida que fuimos entrando en la adolescencia, nunca envidié la figura más voluptuosa de Lynette. Por razones que jamás llegué a comprender del todo, los muchachos parecían sentirse atraídos por mí. Lynette, con su risa contagiosa y su alegría natural, tenía la capacidad de iluminar cualquier habitación en la que entrara, mientras que yo tendía a ser más seria, observadora y reservada.

Mi idea de diversión era distinta. Inventaba historias en mi cabeza y las mecanografiaba en la vieja máquina de escribir que usaban los alumnos de mi madre para practicar. También me gustaba memorizar los nombres largos de los compuestos químicos.

Quizá esa fue la primera señal de que estaba destinada a observar la vida más que a mezclarme con ella.

Sección 3 – La primera vez que salvé a mi madre

Mi infancia estuvo marcada por graves acontecimientos: crecer sin mi padre, presenciar el intento de suicidio de mi madre cuando tenía seis años y soportar los terrores nocturnos que surgieron del miedo a que volviera a intentarlo.

El día en que mamá intentó quitarse la vida —poco después de que el gobierno le dijera que nunca podría salir de Cuba para reunirse con mi padre— llegué a casa del colegio justo a tiempo.

Mientras caminaba por la casa, llamándola, mi rabo de mula se balanceaba de un lado a otro y la blusa blanca de mi uniforme rojo y blanco se pegaba a mi espalda sudorosa.

Entonces la vi. Estaba en medio de la habitación, con el pelo y el vestido empapados. Solo me llevó unos segundos entender lo que iba a pasar.

La adrenalina se apoderó de mí. Corrí hacia ella, le quité los fósforos de la mano y salí corriendo a pedir ayuda.

Aquella fue la primera vez que salvé a mi madre.

La vida —o quizá el destino— me daría dos oportunidades más para rescatarla. La última sería la más difícil.

Sección 4 – Mis quince

Durante mis años en Cuba, lo más cerca que estuve de sentirme normal fue en mi decimoquinto cumpleaños, el día en que, según la tradición cubana, una niña deja atrás la infancia y cruza el umbral hacia la adultez.

Mi madre organizó la mayor fiesta que había visto en nuestro barrio, una celebración de la que la gente habló durante años, incluso después de que nos fuéramos. Para entonces, los vergonzosos granos que habían invadido mi rostro a los trece casi habían desaparecido gracias a dolorosos tratamientos en el Salón de Belleza Koayam, en la calle Galiano, en Centro Habana. Mi madre había pagado una pequeña fortuna por ellos. Quería regalarme un cumpleaños inolvidable... y lo logró.

Le pidió a nuestra vecina —dueña de la casa colonial más hermosa de la calle— que nos prestara su patio. Allí se enseñaba baile español, y el espacio tenía una entrada independiente y suelos de baldosas elaboradas que, a pesar del paso del tiempo, conservaban la elegancia de otra época.

Mi padre me envió dos vestidos desde Estados Unidos. Aquella noche llevé ambos. Uno era negro, adornado con rosas rojas, de tela floral, con tirantes finos y capas de volantes. El otro, beige y ligero, caía sobre mí como una cascada. En el paquete también venían telas para dos vestidos más: lamé anaranjado y plateado, y muselina blanca.

Recuerdo el día en que llegó. Mi novio y yo estábamos en el porche. Abrí la caja con ansiedad, y mis ojos se iluminaron al ver su contenido.

—Estoy deseando bailar contigo en tu cumpleaños —dijo—. Vas a estar preciosa.

Pero aquella noche no bailé con él.

Mi madre insistía en que el joven que bailara conmigo debía llevar traje. Quería enviarle fotos a mi padre, y todo tenía que ser perfecto. Así fue como encontró al candidato más improbable: el hijo de un miembro del Partido Comunista.

El barrio entero murmuraba al vernos juntos:

—¿La hija de un gusano bailando con el hijo de un comunista? ¿Cómo puede ser?

La respuesta era sencilla: todos —incluso los comunistas— querían estar en la mejor fiesta del año.

El funcionario pidió ser invitado. Mi madre se negó al principio, pero el hombre insistió.

—Yo proporcionaré la seguridad y las bebidas —dijo—. Y mi hijo puede bailar con tu hija para las fotos. Tiene un buen traje, y sé que buscas a alguien que tenga uno.

—¿Puede prestarle el traje al novio de mi hija? —preguntó mi madre.

—No le servirá —respondió—. Mi hijo es más bajo.

Mi madre guardó silencio por un momento. Sabía que negarse podía acarrear consecuencias. Si tenía que aceptar, al menos obtendría algo a cambio.

Respiró hondo.

Capítulo 1 – Antes de salir de Cuba

—Solo bailará con ella durante la coreografía —dijo—. Y lo vigilaré de cerca. Se mantendrá alejado de mi hija. No está en venta.

—Entendido —respondió el hombre.

Más tarde, cuando mi madre le contó lo sucedido a la tía Berta, esta abrió los ojos con incredulidad.

—¿Cómo te atreves a negociar con gente así?

Esa era mi madre: una estratega nata, capaz de encontrar luz incluso en medio de la escasez. Una rosa creciendo entre las ruinas de la calle Zapote. Esperanza en medio de la miseria.

Para pagar aquella celebración, trabajó más de doce horas diarias durante años. De ocho de la mañana al mediodía, cobraba en supermercados. De mediodía a las cuatro, enseñaba mecanografía a adultos en un aula improvisada. Asignaba ejercicios, corría a casa para montar las máquinas y luego regresaba para supervisar. De cuatro a ocho, volvía a trabajar en las tiendas.

Los fines de semana vendía productos en el mercado negro: verduras de Güira de Melena y lápices de ojos que muchos creían que provenían de Estados Unidos. En realidad, mami sospechaba que el hombre que se los vendía a ella para revender los fabricaba con materiales robados ya que, en Cuba, el gobierno lo controlaba todo. Pero mami tenía tres hijos pequeños que alimentar, incluyendo a mi hermano, quien requería una dieta especial debido a sus alergias.

Muchos justificaban robarle al Estado con un dicho popular:

—Ladrón que roba a ladrón tiene cien años de perdón.

Decían que el gobierno se había robado todos los medios de producción primero.

Para mi fiesta de quince, mi madre cuidó cada detalle: los cisnes del pastel, los fotógrafos, la música y el baile padre-hija, que realizó mi tío Antonio en lugar de mi padre. Incluso nos permitieron usar el comedor para el cake y el dormitorio para las fotos.

Y allí estaba yo.

Con mi vestido blanco de muselina, el cabello cayendo en rizos suaves sobre los hombros, las uñas rosadas, bailando con el hijo de un comunista mientras mi novio observaba desde la multitud.

—Lo siento mucho —le susurré al pasar.

Y de verdad lo sentía. No me parecía correcto fabricar un mundo que no existía, pero a la vez, veía a mi madre tan feliz observando el resultado de su obra. Aunque algunas veces durante la fiesta, cuando ella no creía que la estaba mirando, también la noté seria, distante y triste. Ella encarnaba la eterna fachada de tantos cubanos de la isla: la necesidad de aparentar felicidad aun cuando el mundo se les derrumbaba por dentro.

Más tarde, mi hermana me dijo que parecía una aristócrata de los tiempos prerrevolucionarios, como las mujeres de las películas antiguas. Mi piel parecía de marfil bajo el maquillaje, y el perfume que me había regalado la tía Berta flotaba a mi alrededor como un recuerdo delicado.

A pesar de todo, disfruté mucho de mi fiesta de quince años. Mi madre me había regalado algo raro: una ilusión de normalidad.

Por una noche, fui Cenicienta, pero la ilusión no duró. Solo unas semanas después, un grupo de cubanos irrumpió en la Embajada de Perú en La Habana a bordo de un autobús. Cuando las balas comenzaron a silbar hacia los cubanos desarmados que viajaban en el autobús, una de ellas rebotó y terminó alcanzando mortalmente a uno de los guardias.

Y aquel evento cambiaría nuestras vidas.

Sección 5 – Saliendo de Cuba

Los funcionarios de la Embajada de Perú se negaron a entregar a los culpables y, en represalia, el gobierno de Castro retiró la seguridad de la entrada. En poco tiempo, más de diez mil personas inundaron los terrenos de la embajada para solicitar asilo político. Estaban agotados por la vida en Cuba: las escasas raciones, la infraestructura en ruinas, la ausencia de libertad. Castro sabía que necesitaba aliviar parte de la presión que se acumulaba en la olla en la que Cuba se había convertido. Un éxodo masivo fue su solución.

Después de que Castro anunciara que quienes tuvieran familiares en Estados Unidos podían marcharse si esos familiares venían a recogerlos en barco, mi madre llamó en secreto a mi padre y le dijo:

—Date prisa, no hay tiempo que perder. Esta es nuestra oportunidad.

No nos contó a mis hermanos ni a mí sobre la llamada porque quería protegernos del acoso sufrido por quienes decidieron abandonar Cuba.

La noche antes de que los guardias vinieran a buscarnos, me despedí de mi novio con un beso en el portal de la casa, mientras mi madre observaba cada uno de nuestros movimientos desde la ventana del dormitorio. Sin saberlo entonces, aquél sería nuestro último beso.

Después de esa noche, mi mundo se derrumbó en un vórtice. Los funcionarios del gobierno no nos permitían llevar nada que nos recordara a casa, ni siquiera un cambio de ropa, y en los días siguientes aprendí lo que era vivir en el infierno.

Capítulo 1 – Antes de salir de Cuba

Primero vino el campo de concentración —donde pasábamos días comiendo poco o nada, bebiendo agua de un grifo oxidado, turnándonos para dormir en una silla, siendo acosados por perros policía y soldados bien armados, y presenciando la desesperación de mi madre— y luego el barco.

Esa noche, los guardias metieron a más de doscientos en un barco camaronero con destino a Estados Unidos.

Era el 26 de abril de 1980, dos meses después de mi decimoquinto cumpleaños.

No mucho después de que nuestro barco saliera del puerto, comenzaron los vientos huracanados y la fuerte lluvia y, unos treinta minutos después, escuché la voz de un hombre por los altavoces:

—Atención, atención. Aquí la Guardia Costera Cubana. Un barco como este está cerca y está entrando agua. Transporta a más de doscientos hombres, mujeres y niños a bordo. Si lo ves, haz lo que puedas. Eso es todo.

Miré hacia la fuente de la voz y vi una pequeña lancha blanca junto a nuestra embarcación más grande. Bajo el resplandor amarillo de su luz, un oficial permanecía de pie con un megáfono.

Tras el anuncio, una madre abrazó a su hija contra el pecho, un hermano tomó la mano de su hermana pequeña, una pareja joven se abrazó y un anciano sacó una estampita de la Virgen de la Caridad y rezó.

Momentos después, el barco de la Guardia Costera desapareció en la oscuridad y, por la radio marina de nuestro barco, empezamos a oír gritos y súplicas de ayuda.

Nuestro capitán la apagó y anunció:

Capítulo 1 – Antes de salir de Cuba

—Lo siento. No podemos hacer nada. Si les ayudamos, sellaremos nuestro destino. Por favor, rezad por ellos. Lo siento mucho.

Mi madre, mis hermanos y yo nos sentábamos cerca de la popa, rodeados de hombres, mujeres y niños que parecían tan asustados como nosotros. Mi madre pidió a mi hermano, a mi hermana y a mí que nos acercáramos más, y luego nos rodeó con los brazos. Sus manos estaban heladas y su cuerpo temblaba. Mientras nos acurrucaba, la culpa y el miedo cruzaron sus ojos oscuros.

—Por favor, agárrense a lo que puedan —dijo, aunque fuera solo por decir algo.

Todavía podía oír los gritos en mi cabeza e imaginaba la lucha desesperada de mujeres y niños tratando de mantenerse a flote.

¿A cuántos perdería el mar esa noche? ¿A cuántos nunca volverían a encontrar sus familias? ¿Seríamos nosotros los siguientes?

En ocasiones, nuestro barco subía bruscamente con las olas y luego caía en el vacío que dejaban atrás. En otras, el mar golpeaba implacablemente el costado de babor, arrojando cascadas sobre nuestras cabezas.

Entonces no me consideraba religiosa, pero en silencio le pedí a Dios que mantuviera a salvo a nuestra familia.

Mi madre nos había enseñado a creer en Él, aunque el gobierno desaprobara la religión. De niña, cuando la oía llorar en la noche, le pedía en silencio que la protegiera.

Se sentía bien creer en algo.

Años después, mi mente borraría aquellos gritos. Mi hermana —que tenía trece años entonces— tendría que recordarme que no había sido una pesadilla.

Capítulo 1 – Antes de salir de Cuba

De pronto, la voz del capitán interrumpió mis pensamientos:

—Escuchen todos. Tengo un anuncio.

Todos se quedaron en silencio.

—Fui a Cuba a recoger a mi familia —continuó— y me voy en un barco lleno de desconocidos. A los hombres que salieron de prisión esta noche: aquí hay familias. Si se atreven a tocar a una mujer —dijo, apuntando con su arma—, les dispararé en la cabeza y los tiraré por la borda. ¿Está claro?

Tragué en seco. No sabía que había presos a bordo.

Un grupo de hombres asintió.

—El mar está empeorando —añadió—. Ayuden a las mujeres y a los niños. Compartiré todo lo que tenga.

Luego desapareció en la cabina.

El barco comenzó a sacudirse con mayor fuerza y pensé en mi padre.

¿Volvería a verlo?

Todo lo que conocía quedó en La Habana: mis amigos, mis diarios, la máquina de escribir que me salvó, mi idioma, mi familia.

—Algún día lo entenderás —nos había dicho mi madre.

Pensé en mi abuela. Estaba enferma. No la habíamos visto desde que la llevaron a la cabina.

El vómito y la lluvia volaban por el aire, golpeando mi cuerpo. Mi ropa me quedaba grande. Mis brazos, huesudos, temblaban.

El caos era total. En un momento, una mujer estuvo a punto de caer por la borda. Dos hombres la sujetaron por los tobillos.

Las luces de La Habana habían desaparecido y el miedo se instaló en nosotros.

Capítulo 1 – Antes de salir de Cuba

—¿Papá nos estará esperando? —preguntó mi hermano como si no se diera cuenta de nuestra precaria situación.

Mi madre dudó.

—No sabe que estamos en este barco —respondió—. Dudo que esté allí.

Sus palabras me dolieron, pero la realidad que nos rodeaba era todavía más despiadada. Las olas parecían imponerse poco a poco, como si el mar hubiera decidido reclamarnos para sí, y por momentos llegué a sentir que aquella sería la última noche de mi vida. Nunca imaginé que mirar a la muerte de frente a los quince años no despertaría en mí terror, sino una serena resignación, la comprensión silenciosa de que ya no quedaban fuerzas humanas capaces de salvarnos y de que, al final, nuestras vidas descansaban únicamente en las manos de Dios.

No recuerdo en qué momento el cansancio terminó por vencernos. Horas después desperté sobresaltada y me pellizqué el brazo para asegurarme de que seguía viva. Frente a nosotros, el sol comenzaba a levantarse lentamente sobre el horizonte, tiñendo el cielo de tonos dorados, mientras el mar, agotado de su furia nocturna, descansaba al fin en calma.

—¿De qué te ríes? —le pregunté a mi hermana al escucharla soltar una carcajada.

—Estás cubierta de vómito. Pareces un zombi —respondió entre risas.

Por primera vez desde que comenzó aquella travesía, sonreí. Sonreí al verla igual que siempre, con esa capacidad de reír incluso después del miedo, y también porque comprendí algo que la noche anterior parecía imposible: seguíamos vivos. Mami, mis hermanos y yo habíamos sobrevivido.

Entonces el capitán habló de nuevo:

Capítulo 1 – Antes de salir de Cuba

—La tierra que ven... no es Estados Unidos. Es Cuba.

El pánico se apoderó de todos. Luego sonrió.

—Es una broma. No se preocupen. Bienvenidos a los Estados Unidos de América.

Mi madre había estado esperando casi doce años para escuchar aquellas palabras. La gente lloró. Se abrazaron.

—Recuerden mi barco —añadió—. El capitán J.H. los trajo a tierras de libertad.

Nunca lo olvidé.

Más tarde, nuestro barco se unió a los cientos de embarcaciones que transportaban a la gente a Cayo Hueso. Trabajadores de la Cruz Roja, soldados estadounidenses, monjas y voluntarios esperaban nuestra llegada y nos ayudaban a desembarcar. Mi abuela tuvo que ser sacada del barco en camilla después de aquella larga noche en el mar.

—¡Bienvenidos a los Estados Unidos de América! —nos dijeron los soldados, los trabajadores y las monjas, sonriendo.

Las monjas repartieron estampitas religiosas, y una de ellas colocó un crucifijo en la mano de mi abuela mientras pasaba su camilla. Los trabajadores de la Cruz Roja entregaron a cada pasajero una pequeña bolsa con artículos de aseo. Algunos voluntarios nos llevaron a una zona llena de montones de ropa usada donada, nos dieron a cada uno una gran bolsa de plástico y nos dijeron que tomáramos toda la ropa que pudiéramos meter en ella.

Un par de horas después, la abuela se reunió con nosotros en la zona de procesamiento. Uno de los trabajadores la llevó hasta allí en silla de ruedas. Ya no estaba tan pálida como la última vez que la había visto, y llevaba puesto un vestido beige que le habían dado.

Capítulo 1 – Antes de salir de Cuba

El trabajador entregó a mi madre la bolsa con la ropa de la abuela. Para entonces, ya nos habíamos reunido con mi padre. Su barco había llegado a Cayo Hueso aproximadamente una hora después que el nuestro.

La cálida acogida que recibió mi familia contrastaba con todo lo que me habían enseñado a creer sobre mi nuevo país. Durante mi infancia, mis maestros retrataban a Estados Unidos como un lugar indiferente al sufrimiento de los pobres. Sin embargo, la bienvenida que recibimos sugería un país muy distinto y confirmaba la visión de mi madre de América como un lugar donde los sueños podían hacerse realidad.

Unos días después, la realidad me golpeó mientras caminábamos por las calles de Miami con mis dos padres, fascinados e intimidados por cuanto nos rodeaba. Teníamos una montaña que escalar si alguna vez queríamos alcanzar los sueños de mi madre. No hablábamos inglés. Mi padre, Rio, no había tenido éxito en este país durante los años que había vivido solo allí y, ahora, con más bocas que alimentar, no podía imaginar cómo saldríamos adelante.

Yo había dejado una parte de mí en Cuba. ¿Cómo podía reemplazar al tío Antonio —el único padre que realmente había conocido— por un hombre que, aunque era mi padre, apenas sabía quién era yo? Agradecía profundamente que nos hubiera esperado durante tantos años, pero mi corazón todavía no estaba preparado para desprenderse de todo lo que había dejado atrás.

Mi madre tenía grandes sueños para cada uno de nosotros. A veces me preguntaba si mis hermanos y yo seríamos capaces de estar a la altura de sus expectativas, o si algún día lograría sentirme normal otra vez, como una muchacha cualquiera y no como alguien arrancada de raíz de su propio mundo.

Me llamo Tania.

Capítulo 1 – Antes de salir de Cuba

Y para comprender quién llegué a ser, primero hay que comprender a mi madre, Laura: una mujer apasionada, enamorada del amor y de la vida, cuya complejidad me tomaría años descifrar.

Capítulo 2 – El comienzo

Sección 1 – Mi esposo

Desde el momento en que llegué a Miami, sospeché que mi marido, Rio, ocultaba algo. Llevaba una pistola calibre .45, escondida en una bolsa de cuero marrón bajo el brazo, y observaba constantemente su entorno, escaneando a las personas como un guepardo acechando a su presa.

Rio ya no era el hombre que había dejado Cuba en 1968, con su melena abundante, una sonrisa esperanzada y la convicción de que pronto volvería a vernos. Ahora tenía una mirada cautelosa y la línea del cabello retraída, dejando al descubierto las venas marcadas en sus sienes. Seguía siendo delgado, pero su complexión musculosa, su piel bronceada y su actitud endurecida intimidaban a los demás.

Vestía camisetas oscuras con un solo bolsillo, lo suficientemente grande como para guardar su caja de cigarrillos More Menthol. Fumaba sin parar —a veces un paquete al día— y bebía varias latas de cerveza: Coors, Michelob o cualquier otra que estuviera en oferta. A menudo parecía inquieto, mordiéndose el dedo índice o rascándose los brazos peludos. En otras ocasiones, se perdía en sus pensamientos.

Ojalá supiera lo que pasaba por su mente.

El tiempo tampoco me había perdonado.

Ya no era la mujer que Rio había dejado en Cuba. Mi cabello negro se había vuelto blanco, aunque las chicas me convencieron de decolorarlo. Con mi piel clara, podía parecer más alemana que cubana... salvo por mi baja estatura.

Según los estándares cubanos, estaba en buena forma. Pero no según los de este país, donde las mujeres mucho más delgadas parecían ser la norma.

Aun así, mi apariencia era lo último en lo que pensaba.

Me preocupaban demasiadas cosas: el futuro de mis hijos, la hermana que había dejado atrás, mi nueva vida con Rio... y, sobre todo, su extraño comportamiento.

Cada vez que un hombre visitaba nuestro apartamento, Rio ordenaba a los niños que entraran en su dormitorio.

—Quédense ahí hasta que se vaya —les decía.

Una vez le pregunté:

—¿Por qué los niños tienen que esconderse?

En lugar de responder, me abrazó con la misma calidez con que lo hacíamos cuando éramos recién casados. Me besó en los labios.

—No te preocupes.

Cada vez que me besaba así, recordaba por qué me había enamorado de él.

Durante un tiempo decidí no hacer más preguntas. Pero con los días comprendí que había muchas cosas sobre mi marido que no sabía.

Aun así, le debía nuestra libertad. Y esa libertad había tenido un alto precio.

Capítulo 2 – El comienzo

Cuando Rio regresó a La Habana para buscarnos, pidió que se incluyeran a mi hermana y a su familia. Pero cuando los funcionarios llegaron a nuestra casa en la calle Zapote, sus nombres no figuraban en la lista.

No tuve más remedio que dejarlos atrás.

En el verano de 1980, Rio y yo nos reencontramos después de doce años separados. Parecíamos recién casados, pero no nos conocíamos.

El tiempo nos había cambiado.

Y estábamos a punto de descubrir cuánto.

Sección 2 – Los primeros días

Disfruté viendo a los niños hablar con su padre como si siempre hubiera estado allí.

Gustavo, en especial, brillaba.

—Vamos, papá. Déjame ayudarte a limpiar el coche.

Rio sonreía y me miraba con gratitud.

La familia con la que había soñado estaba completa.

Pero su pasado no lo estaba.

Una tarde calurosa, nos llevó a tomar helado en la Calle Ocho.

—¿Qué es ese olor? —preguntó Gustavo.

—Croquetas —respondió Rio.

Gustavo me miró. Negué con la cabeza.

Había enseñado a mis hijos a no pedir. A conformarse. De pronto, mientras caminábamos, observando el tráfico y las tiendas a lo largo del trayecto, Río cambió.

Capítulo 2 – El comienzo

Sus ojos comenzaron a moverse. Rápidos y tensos.

—Niñas, Gustavo... deténganse —ordenó.

Se inclinó hacia mí.

—Quédate aquí. Ese hombre nos está siguiendo.

—Por favor... vámonos —susurré.

Pero ya era tarde.

—¡Oye, tú! —gritó Rio—. ¿Qué miras?

El hombre sonrió.

Eso fue suficiente.

—¿Crees que soy gracioso?

Lo agarré del brazo.

—Rio, por favor...

Se soltó.

—¿Quieres que te quite esa sonrisita del rostro, hijo de puta?

—Rio, cuida el lenguaje —le susurré.

Me ignoró y metió la mano en la bolsa.

Sentí que el mundo se detenía.

—Quédate con los niños —dijo—. Vuelvo ahora.

Cruzó la calle, pero el hombre no se movió. Entonces un camión pasó y no podía ver. Cuando la vista se despejó... Rio tenía el arma en la mano.

Se me encogió el estómago. Al fin, el hombre se alejó riendo.

Rio regresó, como si nada hubiese pasado.

—¿Todo bien, papá? —preguntó Tania.

—Sí —respondió, sonriendo—. ¿Qué sabor quieren?

—Vainilla —dijo Gustavo.

—Chocolate —dijo Tania.

—Fresa —añadió Lynette.

Todo volvió a la normalidad.

Pero algo dentro de mí ya no estaba en calma.

Sección 3 – Salida de Miami

Esa noche, el teléfono sonó. Rio contestó.

—¿Hola? ... ¿Hola?

Silencio. Colgó. Una hora después, volvió a sonar, pero nadie habló.

Desenchufó el teléfono.

Al día siguiente, finalmente habló.

—He comprado boletos a Tampa —dijo—. Mañana se van.

—¿Qué está pasando?

—No estamos seguros aquí.

—Pero prometiste que...

—No lo entiendes.

—Entonces explícame.

Me miró.

—Si nos quedamos, terminaré muerto.

El silencio cayó entre nosotros.

—No hagas más preguntas —añadió—. Es más seguro así.

No insistí. Tenía miedo. Esa noche se lo contamos a los niños. Ellos estaban emocionados.

Yo no.

En el avión, observé a mis hijas. Lynette lo tocaba todo mientras Tania observaba en silencio.

No entendíamos el idioma. No entendíamos lo que la azafata nos decía.

Me pregunté ¿Nos seguiría el pasado? ¿Sería este país el sueño que prometí o nuestra peor pesadilla?

Capítulo 3 - Tampa

Sección 1 – Una nueva ciudad

Cuando bajamos del avión en el Aeropuerto Internacional de Tampa, Tania, Lynette, Mayda y yo no teníamos ni idea de adónde ir.

—Sigamos a los demás pasajeros —dije.

Era tarde —probablemente pasada la medianoche— y las tiendas y restaurantes de la terminal estaban cerrados. Después de caminar un poco, subimos a un monorraíl que nos llevó a otra parte del aeropuerto, donde la gente esperaba a los pasajeros que llegaban.

Al bajar, vi a una mujer rubia de mediana edad y a un hombre de cabello entrecano sosteniendo un cartel que no alcanzaba a leer desde donde estaba. La mujer nos saludó con entusiasmo.

—¿Nelia y Tom? —pregunté.

Sonrieron y asintieron.

Nelia se apresuró hacia mí y me envolvió en un abrazo cálido, como si nos conociéramos de toda la vida. Luego abrazó a Mayda y a las muchachas.

—Mira qué bonitas son tus hijas —dijo—. Rio me ha hablado tanto de ustedes.

—Bienvenidas a Tampa —añadió su esposo, estrechando primero la mano de Mayda y luego la mía.

21

Capítulo 3 - Tampa

—Gracias por venir tan tarde —dije—. No quería molestarlos.

—No es ninguna molestia —respondió Tom—. Rio es un buen amigo.

Miré a mi alrededor y me di cuenta de que los pasajeros a quienes habíamos seguido ya se habían ido.

—No tengo ni idea de adónde se supone que debemos ir ahora —admití.

—No te preocupes —dijo Nelia—. Bajemos por la escalera mecánica hasta la recogida de equipajes.

Mientras descendíamos, un gran cartel decía: «Bienvenidos a Tampa». Ver aquellas palabras me hizo sonreír.

Encontrar la zona de equipaje fue fácil una vez que llegamos al nivel inferior. Nuestro vuelo era el único que llegaba a esa hora, y los pasajeros se reunían en silencio alrededor de una sola cinta. Reconocí a varias de las personas que habíamos seguido antes.

Cuando por fin la cinta transportadora empezó a moverse, me costó identificar nuestras maletas. En un momento dado, cogí una bolsa que creía que era nuestra, pero otro pasajero se me acercó, dijo algo que no entendí y me la quitó de las manos.

Una vez recogimos el equipaje, tomamos el ascensor hasta el aparcamiento de corta estancia. Afuera, el aire era cálido y húmedo, pero el potente aire acondicionado del coche de Tom pronto me hizo desear haber traído un suéter.

Mientras conducíamos hacia Town and Country, noté lo ligero que era el tráfico, mucho más ligero que en Miami.

—¿Dónde está la gente? —le pregunté a Nelia.

Se echó a reír.

—Durmiendo —dijo—. Sé lo que estás pensando, pero Tampa es muy diferente de La Habana y de Miami.

Capítulo 3 - Tampa

No verás a mucha gente caminando por las aceras. La mayoría conduce. Aquí, un coche es una necesidad.

—Recuerdo que Rio decía eso —respondí.

Miré las calles tranquilas. Las tiendas y las gasolineras por las que pasábamos estaban cerradas, y todo parecía limpio y ordenado. Lo que más me llamó la atención fue la ausencia de palmeras como las de Cuba y de Miami. En su lugar, grandes robles bordeaban las calles.

Mis hijas observaban el paisaje con curiosidad.

—Éste será nuestro hogar ahora, chicas —les dije a Tania y Lynette.

Mayda permanecía en silencio, con la mirada perdida en la ventana.

—Es un lugar agradable para vivir —dijo Nelia—. A nosotros nos gusta mucho.

Pronto, las zonas comerciales dieron paso a las calles residenciales. Tras un breve recorrido por el vecindario, Tom se detuvo frente a un dúplex.

—Ya hemos llegado —anunció—. No está muy lejos del aeropuerto.

—No, no lo está —dijo Nelia, mientras metía la mano en su bolso—. Aquí tienes la llave. Déjame ayudarte a instalarte.

Nos explicó que en los dormitorios había colchones y sábanas, y que había dejado papel higiénico, jabón, toallas y algunas tazas en la cocina.

—La casa no está amueblada —dijo—, pero hay una barra con unos taburetes.

—Gracias —dije con sinceridad—. Estaba preparada para dormir en el suelo esta noche. Has hecho más que suficiente. Te lo devolveré en cuanto empecemos a trabajar.

Nelia negó con la cabeza.

—Laura, no esperamos nada de ti —dijo con suavidad—. Si no ayudamos a los demás cuando más lo necesitan, ¿qué clase de personas seríamos?

Sonreí y negué con la cabeza.

—Eres un ángel —dije.

Tom llevó nuestro equipaje adentro y recorrió cada habitación, revisando ventanas y puertas.

—Nunca se puede ser demasiado precavido —dijo—. Asegúrense de cerrar con llave cuando nos vayamos.

Su comentario me incomodó por un instante, pero enseguida me convencí de que solo era cuidadoso.

Antes de marcharse, Nelia nos abrazó de nuevo y Tom nos saludó desde la puerta.

—Dile a Rio que pasaré mañana —dijo—. Ya debería estar aquí para entonces.

Cuando su coche desapareció calle abajo, las muchachas empezaron a explorar cada habitación.

—¡Es grande! —dijo Tania—. Ya no tendremos que dormir en la sala.

—Vamos a la cama —dije—. Mañana será un día ajetreado. Su padre llegará en unas horas.

Sección 2 – La vida en Tampa

Rio y Gustavo llegaron al día siguiente y, para el lunes siguiente, Rio empezó a trabajar en un 7-Eleven. Yo encontré empleo limpiando habitaciones en un motel cerca de la Dale Mabry Highway, junto al estadio de Tampa —o el Big Sombrero, como oí a Rio llamarlo.

—Ese estadio es la casa de los Tampa Bay Buccaneers, un equipo de fútbol americano —me dijo la primera vez que pasamos por allí.

Capítulo 3 - Tampa

Yo no sabía nada de fútbol y no podíamos permitirnos ir al estadio, pero a veces, cuando transmitían los partidos por televisión, Rio me explicaba cómo se jugaba. Me animaba ver a la gente de Tampa vestida de naranja cuando el equipo de fútbol de los Buccaneers jugaba en la ciudad. El fútbol americano los unía y les daba a familias de orígenes distintos un propósito común: ver ganar a su equipo.

Cada noche, después de cenar, me dedicaba a reaprender inglés. En Cuba había sido profesora de ese idioma, pero había perdido soltura por falta de uso. Mi acento me delataba, y a menudo tenía que repetir lo que decía porque la gente me miraba sin entenderme. Con el tiempo, dejé de contarle a nadie que alguna vez había enseñado inglés.

Para ayudarnos, el jefe de Rio le permitía llevar a casa las sobras de la tienda. Los niños disfrutaban de aquellas comidas: burritos, tacos y otras comidas rápidas que nunca habían probado.

Pero no tardamos en darnos cuenta de que la casa en Town and Country era demasiado cara. La electricidad, el agua, la gasolina y el alquiler consumían la mayor parte de nuestros cheques.

Un domingo por la mañana, mientras revisaba la sección de clasificados del *Tampa Tribune*, encontré una antigua casa de madera en un barrio obrero conocido como West Tampa, puesta a la venta por su dueño. Rio y yo fuimos a verla. Necesitaba pintura y nuevos pisos de madera. Tenía tres dormitorios, un baño y un patio trasero cercado con malla metálica. Estaba cerca de la I-275 y del centro, y el barrio me pareció inquietantemente silencioso.

—¿Estás segura de que podemos permitirnos comprar una casa? —me preguntó Rio.

Capítulo 3 - Tampa

—Sí. Le pedí prestada la calculadora a mi jefe para estimar los pagos del principal y los intereses. Me dijo que tuviera en cuenta el seguro, los impuestos y las reparaciones, y me ayudó a calcularlo todo. Está aquí. Es mejor comprar que alquilar.

Le entregué un papel con mis cuentas, y él le echó un vistazo.

—¿Ahorraríamos tanto? —preguntó.

Asentí. Respiró hondo.

—Bueno, entonces compremos una casa —dijo.

Me costó convencer al dueño de que nos diera crédito, pero no pude contener mi felicidad cuando finalmente aceptó.

La casa, mucho más barata, nos permitió comprar muebles usados para los dormitorios y ahorrar algo de dinero. Yo quería ahorrar más, pero Rio no controlaba sus compras con tarjeta de crédito.

Entre sus cigarrillos, su cerveza y su empeño en sorprender a los niños con comidas especiales —desde pizzas de tres quesos con pepperoni y jamón hasta distintas clases de lasaña—, no lográbamos reducir el saldo de las tarjetas.

Me di cuenta de que, si queríamos salir adelante, alguien tenía que tomar el control de nuestras finanzas. Sin decirle nada, empecé a guardar dinero. Lo escondía en un sobre dentro de un maletín donde guardaba los papeles importantes.

Cuando lograba reunir suficiente, lo añadía a los depósitos de los cheques y enviaba pagos mayores al dueño de la casa. Me obsesioné con reducir nuestra deuda. También traté de convencer a Rio de que gastara menos con las tarjetas.

—Si seguimos pagando intereses en estas tarjetas, nunca saldremos a flote —protesté.

Me miró y puso los ojos en blanco.

—Siempre quieres arruinar la diversión —dijo—. Quiero que mis hijos tengan una buena vida.

—La tendrán si dejamos de tirar el dinero — respondí.

Era una batalla interminable.

Sección 3 – Los niños

Al final del verano, inscribimos a los niños en la escuela. Las muchachas habían estado en cursos diferentes en Cuba, pero queríamos que permanecieran juntas, así que las matriculamos a ambas en décimo grado en Jefferson High School.

Mis dos hijos menores parecían adaptarse bien, pero Tania a menudo se mantenía al margen, pasando horas estudiando o escribiendo. A veces les pedía ayuda a su padre o a mí con las tareas. Rio no podía ayudarla mucho. La educación que había recibido en el orfanato, al que asistió hasta los diecisiete años, se centraba en el funcionamiento de las máquinas.

—Puedo ayudarte con las matemáticas, mi amor —le decía—. No podré ayudarte mucho con las otras materias. Mi inglés no es lo suficientemente bueno.

En Cuba había sacado excelentes notas, pero en Estados Unidos su incapacidad para entender a los profesores empezó a afectar sus calificaciones, por más horas que dedicara a traducir los deberes al español. De vez en cuando gritaba y lanzaba el cuaderno por la habitación, frustrada.

Una madrugada de domingo, iba de camino al baño cuando oí que se abría la puerta del cuarto de las niñas.

—¿Qué haces despierta? Apenas son las cuatro —le dije.

—Me duele la cabeza. No puedo dormir.

—¿Quieres hablar de lo que te preocupa?

Negó con la cabeza y bajó la mirada.

—Tu padre tiene unas pastillas llamadas Tylenol y dicen que sirven muy bien. No estamos acostumbrados a tomar esas cosas, pero es mejor que nada. ¿Quieres una?

—No, gracias. Necesito estar sola —dijo.

Le besé la frente y volví a mi habitación. Tres horas después, cuando desperté, la encontré sentada en el sofá, con las piernas cruzadas.

—¿Has dormido? —le pregunté.

—No tenía sueño.

—¿Quieres hablar de lo que te preocupa?

Volvió a negar con la cabeza y apartó la mirada.

La dejé en la sala y fui al cuarto de las niñas a hablar con Lynette. Se estaba despertando cuando entré.

—¿Sabes qué le pasa a tu hermana? —le pregunté.

Lynette bostezó y se frotó los ojos.

—Está mal por sus notas, pero también extraña a su novio, al tío Antonio y a la tía Berta —dijo.

Las palabras de Lynette me devolvieron de golpe a la noche en que salimos de nuestra casa en La Habana.

Sección 4 – Nuestro pasado

Tania había besado a su novio en el portal la noche anterior, sin saber que nunca volvería a verlo. Unas horas después, en mitad de la noche, un coche blanco del gobierno se detuvo frente a nuestra casa de la calle Zapote. Yo dormía cuando oí los golpes en la puerta. Al abrir, dos funcionarios entraron en la sala sin pedir permiso y nos ordenaron vestirnos, advirtiéndonos que no podíamos sacar nada de la casa. Nuestra ropa, los zapatos, mis diplomas universitarios, las fotos familiares y las cartas que Rio me había escrito durante los años de separación tuvieron que quedarse atrás.

Nos vestimos deprisa y nos despedimos de mi hermana y de su marido; sus hijas seguían dormidas. Yo estaba dándole un último abrazo a Berta cuando uno de los oficiales nos ordenó salir. Mis hijos parecían asustados y confundidos.

—Vamos, chicos —dije.

Tomé a Gustavo de la mano y salí al portal, seguida de las muchachas. Mi hermana se quedó allí, viéndonos marchar.

Nos apretujamos en el asiento trasero de un coche ruso. Poco después, mientras avanzábamos, nuestros ojos se posaron en las calles oscuras y silenciosas, en las casas coloniales sin pintar, en las aceras rotas y en la bodega de la esquina donde tantas veces habíamos hecho colas interminables para comprar la cuota de arroz, frijoles, huevos y, si había suerte, unas pocas onzas de carne.

—¿Adónde nos llevan? —pregunté.

No respondieron.

Miré a mis hijos. Tania iba sentada entre la ventana y yo, intentando ocultar lo que sentía, pero su respiración entrecortada, sus labios temblorosos y el gesto de sus dedos bajo los ojos la delataban. Lynette y Gustavo me miraron y se encogieron de hombros.

Los funcionarios se detuvieron un par de veces para consultar un papel, probablemente una dirección. Al cabo de un rato, me di cuenta de que nos acercábamos a Marianao, donde vivía mi suegra. El coche se detuvo frente a su pequeña casa de esquina.

Capítulo 3 - Tampa

Mayda no sabía que los agentes vendrían por nosotros aquella noche. De haberlo sabido, le habría entregado a su hermana todo el dinero que tenía escondido en pomos. La mayor parte tendría que quedarse atrás, salvo unos pocos que logró ocultar y entregar en el abrazo de despedida.

Cuando Mayda se unió a nosotros, puse a Gustavo en mi regazo y ella hizo que Tania se sentara sobre sus piernas, porque pesaba menos que su hermana. A pesar de mis esfuerzos por hacerla comer, Tania estaba huesuda y desnutrida.

Salimos de Marianao y seguimos por las calles tranquilas de La Habana. A aquella hora se veía poca gente, y casi todos parecían jóvenes que regresaban de fiestas.

—¿Sabes adónde nos llevan? —susurró Mayda.

—No —respondí—. No contestan a ninguna pregunta.

Los agentes se detuvieron frente al edificio Abreu Fontán, en Miramar, un antiguo club social convertido en un centro de procesamiento. Cuando entramos, vi que estaba lleno de familias.

Mis hijos, mi suegra y yo nos sentamos en sillas de plástico en una gran sala de espera, y Gustavo empezó enseguida a preguntar por su padre. Mientras le respondía, vi a Tania llorando en silencio. Negué con la cabeza y comencé a mirar a nuestro alrededor, temiendo que su llanto nos causara problemas.

No tardé en entender lo que ocurría: si los funcionarios descubrían a niños llorando, se los llevaban aparte y no los devolvían a sus familias.

Estaba a punto de hablar con Tania cuando un médico, probablemente de unos cuarenta años, se acercó en silencio y me pidió que lo siguiera con los niños. Nos condujo por un pasillo estrecho y mal iluminado hasta su oficina, cerró la puerta y me explicó lo que estaba pasando, lo cual confirmó mis sospechas.

—Mis hijos y yo llevamos casi doce años separados de mi esposo —le expliqué—. Por favor, ayúdeme.

Se mordió un dedo y me miró con nerviosismo.

—Lo haré —dijo, respirando hondo.

Abrió un cajón y le dio una pastilla a Tania.

—¿Qué es esto? —preguntó ella.

—Te va a tranquilizar —respondió.

Tania cruzó los brazos.

—No. No me voy a tomar nada. Esas pastillas le fríen el cerebro a la gente.

—Estoy de acuerdo en que abusar de ellas no es bueno —dijo el médico—, pero en tu caso pueden salvarte la vida.

—¿Qué quiere decir con eso? —preguntó ella.

—Tania, no más discusiones. Haz lo que te dice el médico ahora mismo —ordené.

Por fin obedeció.

Antes de salir, vi una foto en blanco y negro del médico, junto a su hermosa esposa y sus tres hijos, sobre el escritorio. Lo miré, le sonreí y le di las gracias.

Más tarde, mientras abrazaba a mis hijos, les dije:

—Éste es el día en que se convierten en hombres y mujeres. No quiero volver a verlos llorar. He esperado demasiado para salir de este infierno, y no voy a permitir que pierdan la única oportunidad que tenemos de irnos. Su futuro está en sus manos.

No los vi llorar otra vez. A pesar de tener solo quince, trece y once años, ese día se hicieron adultos.

Los rumores corrían rápido por La Habana y, cuando el novio de Tania se enteró de lo ocurrido, corrió a nuestra casa. Mi hermana Berta estaba a punto de salir para traerme unos papeles que necesitaba, y el muchacho le rogó que lo llevara a ver a Tania.

Al ver su desesperación, y sin saber qué estaba ocurriendo en el centro de procesamiento, ella aceptó. Cuando Berta me dijo que estaba afuera, le pedí que inventara cualquier historia y le dijera que Tania le escribiría al llegar a Estados Unidos.

No tenía intención de dejar que eso ocurriera. Había sido su primer amor. ¿Para qué hacerla sufrir más? Nunca volvería a saber de él.

No volví a ver llorar a Tania hasta que llegamos a Estados Unidos.

Una parte de mí creía que me culpaba por la larga separación de su padre y, ahora, por la pérdida de todo lo que conocía. Sentía que, hiciera lo que hiciera, nunca volvería a confiar plenamente en mí.

Sección 5 – Adaptación

Unos meses después de mudarnos a la calle La-Salle, vi a Tania hablando con un muchacho alto, rubio y de huesos grandes que vivía en nuestro barrio. Se enseñaban mutuamente los nombres de varios objetos en sus respectivos idiomas.

—¿Por qué no lo invitaste a entrar? —le pregunté.

Negó con la cabeza.

—Nuestra casa no tiene muebles bonitos. No quiero que vea cómo vivimos.

No podía hacer mucho para que se sintiera mejor con aquella casa apenas amueblada, pero agradecí su sinceridad. Más tarde, Lynette me dijo que a Tania ese muchacho solo le gustaba como amigo, pero me alegró ver que había dado un primer paso para dejar atrás su vida anterior.

Capítulo 3 - Tampa

Nuestro traslado a Tampa marcó el comienzo de un nuevo capítulo.

Allí, nuestras vidas cambiarían de formas que nunca habríamos imaginado.

Yo estaba lista para empezar de nuevo.

Capítulo 4 – La carta de mi hermana

Rio y yo llegamos del trabajo aquella noche y encontramos una carta de mi hermana sobre el mostrador de la cocina. La extrañaba. Mientras viví en Cuba, ella había sido la voz de la razón en mi vida. Siempre me decía que yo vivía en las nubes, sin darse cuenta de que había tenido que vivir así para darle algún sentido a nuestra existencia absurda.

—Deja de soñar —me decía.

Pero soñar era lo que me mantenía viva.

La casa estaba ruidosa, como de costumbre. Tania hacía la tarea y protestaba porque no entendía las instrucciones en inglés; Lynette y Gustavo escuchaban música en la sala y se reían de alguna historia que él le contaba. Su abuela estaba sentada cerca de ellos, con la mirada perdida en la distancia.

Dejé el bolso sobre el mostrador y me fui a mi cuarto para leer la carta en privado. Vi que el sobre blanco seguía perfectamente cerrado, y sentí alivio. Algunas personas me habían dicho que los funcionarios del gobierno solían abrir la correspondencia enviada al extranjero.

La cantidad de páginas me dijo enseguida que algo no andaba bien. Mi hermana tendía a ser breve. Inquieta, me senté al borde de la cama y empecé a leer. La carta estaba fechada el 25 de junio de 1980:

Querida Laura:

Hace un mes, dos funcionarios del gobierno vinieron a recogernos temprano por la mañana. Nos dijeron que un barco nos esperaba en el puerto del Mariel para llevarnos a los Estados Unidos y que nos iríamos esa misma noche. Puedes imaginar mi emoción cuando llegaron.

No nos dejaron llevarnos nada, pero les di a los vecinos la comida que nos quedaba. Con tanta necesidad y tanta hambre, no quería que se desperdiciara. Ya me conoces: siempre preocupada por todo el mundo.

Estaba feliz y nerviosa al mismo tiempo. Algo me decía que todo había sido demasiado fácil.

Esa tarde, mientras esperábamos en el centro de procesamiento, después de largas horas sin comer, mis temores se hicieron realidad cuando uno de los oficiales revisó nuestros papeles y me dijo:

—Usted y sus hijas pueden irse, pero su esposo tiene que quedarse.

Vi tu vida entera pasar delante de mis ojos cuando pronunció esas palabras, y mi mundo se vino abajo. No quería repetir tu error. Por mucho que deseara verte a ti y a los niños, y darles a mis hijas la oportunidad de una vida decente, no podía hacerlo a costa de su padre. Nunca se habría acostumbrado a estar solo ni habría sobrevivido.

Sentí rabia y decepción. Ya le habíamos entregado las llaves de la casa a la mujer del CDR. Me preguntaba adónde iríamos, qué haríamos, por qué estaba pasando todo aquello. Más tarde, alguien me dijo que mi esposo no podía irse porque era ingeniero.

Le dije al oficial:

—Si mi esposo no puede irse, yo tampoco me iré.

Salimos del centro de procesamiento como pelotas desinfladas. Estábamos hambrientos. Detuvimos un taxi y le explicamos nuestra situación al chofer. El joven fue amable y comprensivo, y nos llevó a casa sin cobrarnos, pero cuando llegué, no tenía la llave.

Fui a ver a Carmen, la mujer del CDR. Por suerte, todavía no había entregado las llaves y me las devolvió. Tampoco teníamos comida en la casa, porque se la habíamos regalado a los vecinos. Esa noche comimos un pedazo de pan duro. Las niñas, sobre todo la menor, lloraban. Solo tiene ocho años. No entendía lo que estaba pasando.

¿Y sabes la ironía de todo esto? Después de que el gobierno no le permitiera a Antonio salir por ser ingeniero, tampoco le permitió seguir trabajando en su especialidad.

He usado todo el dinero que tenía escondido en casa para comprar guayabas y azúcar en el mercado negro. Antonio viaja a Párraga, donde viven sus padres, y las compra allí. Él me ayuda a pelarlas y cocinamos durante todo el día. Bueno, la verdad es que ya casi no puede ayudarme. Cuando el gobierno se dio cuenta de que llevaba varias semanas fuera de un trabajo "real", le dijeron que o buscaba empleo o iría a la cárcel. Le ofrecieron un puesto en el parque, donde recogía basura y cortaba hierba con un machete.

No es lo bastante fuerte para un trabajo así. Como sabes, ha pasado toda su vida enterrado en los libros. Tiene la piel muy blanca, y las largas horas al sol lo están enfermando. Ha perdido mucho peso. Probablemente está deprimido.

Capítulo 4 – La carta de mi hermana

Mis hijas ven a su padre salir a trabajar con un machete en la mano y les dicen a sus amigas que es machetero. Ahora no sé cuánto tiempo estaremos separados de ustedes.

Pero quiero que sepas que te entiendo mejor que nunca. Perdóname por no haberme dado cuenta del infierno en el que vivías cuando tú y Rio estaban separados.

Aquí las cosas se están poniendo peor para quienes, como nosotros, se quedaron atrás y desean irse. Tememos por nuestras vidas, pero tengo que mantener la esperanza. Mi matrimonio se ha fortalecido como resultado de todo esto. Antonio entiende ahora lo importante que es para mí. Sabes que no soy una mujer sentimental y que muchas veces mi esposo se ha preguntado si lo amaba.

Pero bueno, ya te he dicho más de lo que debía. No quiero que te preocupes. Encontraré la manera de salir adelante. Ya sabes cómo soy. Te extraño muchísimo y espero que volvamos a vernos algún día. Saluda a los niños. Diles que estudien mucho y que se sientan orgullosos de ti y de todo lo que has hecho por ellos. Tengo grandes esperanzas puestas en ellos.

Con mucho amor,

Berta

Cuando terminé de leer, me quedé mirando la carta, abrumada por una sensación de vacío e impotencia. Aún seguía sentada al borde de la cama cuando Rio entró en el cuarto.

—¿Está todo bien? —preguntó.

Negué con la cabeza.

—¿Qué pasó?

Capítulo 4 – La carta de mi hermana

Le tendí la carta y la leyó en silencio. Noté que, de vez en cuando, respiraba hondo. Cuando terminó, tenía los ojos húmedos. Sacudió la cabeza y me la devolvió.

—¡Hijos de puta! —dijo, cerrando los puños antes de salir del cuarto.

Mi esposo quería a Berta como a una hermana. Desde que Rio y yo nos conocimos, entre nosotros se había creado un vínculo especial. Cuando mi madre se opuso a mi matrimonio con él, mi hermana hizo de intermediaria para ayudarla a entender que no debía entrometerse. Mi madre quería que me casara con un hombre refinado y educado, que fuera médico o abogado. Pero yo me había enamorado de alguien sin educación universitaria, a quien ella consideraba loco e impredecible.

Antes del triunfo de la revolución, Rio había trabajado como mecánico industrial. Yo lo conocí en 1961, dos años después de que Fidel Castro llegara al poder. Para entonces, él era gerente de una compañía de ventanas y se convirtió en mi jefe.

Me enamoré de él desde la primera vez que lo vi, pero nunca se lo di a entender porque estaba comprometido. A Rio le gustaba coquetear con las mujeres de la fábrica. Le encantaban las mujeres, y las mujeres lo adoraban por su carisma.

Durante mucho tiempo fui su confidente. Le aconsejaba qué regalos comprarle a su novia y lo escuchaba hablar de otras mujeres. Yo tenía claro que no era el tipo de mujer que él trataba de conquistar, porque era, como él decía, "una niña de su casa".

Con el tiempo, Rio descubrió que su prometida no podría darle una familia y, a pesar de quererla, la dejó. Ese mismo día, trastornado y sin pensar con claridad, se subió a su moto y salió a toda velocidad por el Malecón de La Habana, hasta que perdió el control.

Durante días luchó entre la vida y la muerte. Cuando despertó y me encontró a su lado, empezó a comprender cuánto lo amaba. No tardó en pedirme que me casara con él.

Rio había sido entrenado como tirador experto; le gustaba divertirse y había estado con muchas mujeres antes de que empezáramos a salir. Ésas no eran las cualidades que mi madre quería en mi futuro esposo, pero mi hermana no lo juzgaba. Rio comprendió que ella lo había aceptado tal como era y, entre los dos, nació una relación de hermanos.

Doblé la carta y salí a buscarlo. Lo encontré en el patio, bajo el roble, fumando un cigarrillo. Lo abracé y le besé las mejillas. Entonces sentí la humedad de sus lágrimas en mis labios.

Capítulo 5 – Mi abuela

—Vamos, niñas —dijo mi madre al abrir la puerta del cuarto que compartía con mi hermana—. Arriba. Es hora de ir a la escuela. Tienen que aprender todo lo que puedan para no tener que trabajar tan duro como su padre y yo.

Lo decía a menudo, no con amargura, sino con la convicción tranquila de que nuestra vida sería distinta.

Mi madre se adaptó a los Estados Unidos con una rapidez que siempre me sorprendió, incluso más que mi padre. Durante años había hablado de la vida que nos esperaba fuera de Cuba, y ahora estaba decidida a no dejar pasar ninguna oportunidad.

Su formación universitaria —Derecho y Matemáticas— le daba una ventaja. Gracias a eso, no le costó convencer a mi padre de que nunca avanzaríamos si seguíamos alquilando.

El día que entramos en la primera casa que compraron, en la calle LaSalle, parecían recién casados. Solo los había visto así de felices una vez antes: cuando mi padre pudo visitarnos en Cuba, diez años después de su partida. Se abrazaron y se besaron delante de nosotros, a pesar de que mi madre siempre decía que él no debía ser tan cariñoso con los hijos.

Todos estábamos felices con la casa. Todos, menos mi abuela.

Capítulo 5 – Mi abuela

Cuando papá se la mostró, lo siguió de habitación en habitación con una expresión vacía. Desde que se había desmayado en el campo de concentración "El Mosquito", antes de salir de La Habana, no volvió a ser la misma. Con el tiempo, solo empeoró.

Durante el día, mis hermanos y yo íbamos a la escuela, mis padres trabajaban y mi abuela se quedaba sola. No le gustaba la televisión y nunca la vi leer. En Cuba no trabajaba, pero vivía de los ahorros que había retirado del banco antes de la revolución y había escondido en los pomos de cristal. Pasaba el tiempo visitando a sus hermanas, cuidando su jardín y las matas de plátano que rodeaban su casa.

En Tampa no había nada de eso. No teníamos jardín, solo unos arbustos marchitos que habían visto mejores días. Después de preparar la comida, le quedaban horas libres.

—Le he escrito varias cartas a Ricardo, pero no me responde —me dijo un día.

Ricardo era su segundo esposo. Mamá siempre nos había dejado claro que no era nuestro abuelo y que no debíamos tratarlo como tal.

—Creo que está muerto —añadió, mirando sus manos y jugando con sus dedos artríticos.

Le acaricié el cabello y le di un beso.

—No digas eso, abuela. Tal vez no ha recibido tus cartas. ¿Sabes cuánto tardan? Más de un mes. O quizá nunca llegaron. El correo en Cuba no es confiable.

Pero nadie lograba tranquilizarla.

Mi madre solía decir que cuando dos personas se aman de verdad, la distancia no puede romper ese vínculo.

—¿Recuerdas el día en que murió tu abuela en Cuba y tu padre me llamó desde Estados Unidos porque sentía que algo andaba mal?

Capítulo 5 – Mi abuela

Estaba convencida de que él había sentido su dolor. Yo quería creerlo. Por eso, a veces pensaba que quizá mi abuela también tenía razón.

Aquella tarde estábamos sentadas en la mesa blanca del comedor —un regalo de un vecino—. Ella escribía una carta y yo hacía la tarea. En la sala, mis hermanos escuchaban a los Bee Gees. Lynette cantaba *"How Deep Is Your Love"*, inventando la mitad de las palabras. Gustavo le pedía que se callara, pero cuanto más insistía, más alto cantaba ella.

De pronto, la puerta se abrió y entraron mis padres, cargados con bolsas de comida. Mi abuela se levantó enseguida.

—No, mamá —dijo mi padre—. Fue un día largo. Primero nos vamos a bañar. Pero dime, ¿cómo te fue hoy?

Mi abuela se encogió de hombros.

—Intenté hablar con una vecina, pero no pude entenderla. Es difícil no poder hablar con nadie y pasar el día mirando las mismas cuatro paredes... Pero no te preocupes.

Negó con la cabeza, aunque mi padre parecía demasiado distraído como para notar su tristeza.

—¿Llamó alguien? —preguntó.

Desde que había instalado el teléfono, se obsesionaba con saber quién llamaba. Incluso interrogaba a los vendedores como si fueran sospechosos.

—Sonó una vez —respondió mi abuela—, pero no escuché a nadie.

Mi padre y mi madre intercambiaron una mirada. Él frunció el ceño, respiró hondo y la siguió hasta el cuarto.

—¿Por qué tu papá siempre quiere saber quién llama? —me preguntó mi abuela.

Me encogí de hombros.

Capítulo 5 – Mi abuela

—Ya sabes cómo es. Se preocupa demasiado. Por eso casi no le queda pelo.

Ella sonrió.

—Vamos al patio —le dije—. Cuéntame de Cuba.

Hablar de Cuba era una de las pocas cosas que aún le daba alegría. Repetía historias, pero yo fingía escucharlas por primera vez. Me hablaba de sus once hermanos, del hijo que perdió, de las casas que había logrado comprar antes de que la revolución se las quitara.

Nos sentamos bajo el roble. Una brisa suave me movía el cabello. Ella lo apartó detrás de mi oreja y empezó a peinarlo con cuidado. Cuando terminó, la abracé. Me acarició la cara y sonrió.

El sol ya se había ocultado. Una luz amarillenta nos envolvía. Desde una casa cercana llegaba el olor a carne asada.

—Tú y tu hermana son muy distintas —dijo, tomando mi mano—. Ella tiene el cabello liso y los ojos achinados, como los de mi abuela china. Tú tienes los ojos color miel y la piel clara de los europeos. Tu hermano es una mezcla... pero de todos mis nietos, tú eres la única que se preocupa por mí.

—Eso no es cierto —le dije—. Todos te queremos.

—No entiendes —murmuró—. Cuando uno envejece, estorba. Nunca debí salir de Cuba. ¿Para qué? ¿Para ser una carga?

—Nadie piensa eso.

—Tus hermanos casi no me hablan.

—Son pequeños —respondí—. Pero te quieren.

Yo pasaba más tiempo con ella. Nos entendíamos sin muchas palabras.

Mi madre me había contado que, cuando mi padre tenía nueve años, mi abuela perdió a un hijo y a su esposo con pocos meses de diferencia. Incapaz de sostenerlo, lo llevó a un orfelinato. Él nunca se lo perdonó.

Pero yo sí la entendía.

Durante los doce años en que mis padres estuvieron separados, mi abuela envió cien pesos mensuales a mi madre. Era casi un salario completo en Cuba. Cada fin de semana nos cocinaba arroz con pollo. Yo no entendía cómo lo conseguía, hasta que un día le pregunté.

—Cambio las rosas de mi jardín por pollo —me dijo.

Su casita en Marianao estaba rodeada de árboles y platanales. Para mí, era como un pequeño bosque. Había creado ese mundo con sus propias manos.

Siempre nos servía primero. Nos miraba comer con una sonrisa. Si queríamos más, bastaba con una mirada y ella lo entendía.

—¿Por qué no comes, abuela? —le preguntaba.

—Ya comí.

Pero no era verdad.

Un día la descubrí comiendo sola, en silencio, lo que había quedado. Desde entonces, nunca volví a aceptar una segunda porción.

Suspiró y se acomodó el cabello detrás de las orejas. Sus ojos parecían perdidos más allá del roble.

—Extraño a Ricardo —dijo—. Imagino que llegó a casa y la encontró vacía... No pude despedirme.

—No fue tu culpa.

—Ni siquiera le dejé una nota.

—No tenías tiempo.

Negó con la cabeza.

—Y ¿quién cuidará de él?

—Él puede cuidarse.

—No es tan fácil cuando uno se acostumbra a que lo cuiden.

Capítulo 5 – Mi abuela

Vi una tristeza profunda en su mirada y la abracé.

—No te preocupes por mí —dijo, forzando una sonrisa—. Cambiemos de tema. ¿Escribiste hoy?

Asentí.

—Unos poemas, esta mañana.

—¿Me los lees?

Corrí a buscar mi diario y se los leí. Escuchó en silencio.

—Eres buena —dijo—. Un día quiero que escribas cómo me siento.

—Cuando quieras, me lo dices.

Tardó mucho en hacerlo. Para entonces, ya era demasiado tarde.

Mi abuela era el vínculo más profundo que tenía con Cuba. Nunca compartía mis escritos con nadie más, pero con ella... con ella sí podía.

Capítulo 6 – El primer Halloween

Desde que llegamos a los Estados Unidos, Rio solo les permitió a los niños ver televisión en inglés. Decía que tenían que entrenar el oído. A menudo los veía mirando un programa llamado *Star Trek*, en el que hombres y mujeres viajaban en naves espaciales, vestidos con trajes ajustados de colores brillantes. No pasó mucho tiempo antes de que Gustavo comenzara a recorrer la casa repitiendo una frase del programa:

—Beam me up, Scottie.

Todo era nuevo en aquel mundo. Había mucho que aprender, pero, por encima de todo, yo quería que mis hijos salieran adelante. Rio y yo ya no importábamos de la misma manera; Tania, Lynette y Gustavo tenían toda la vida por delante.

Como parte de esa adaptación, Rio sugirió que dejáramos de llamar a Gustavo por su nombre y empezáramos a decirle "Gus".

—Se va a sentir más en casa —dijo—. "Gustavo" es muy largo. Los americanos no lo van a pronunciar.

Acepté hacerlo solo delante de sus amigos. Como nieta de inmigrantes españoles que llegaron a Cuba antes de que yo naciera, había aprendido temprano la importancia de adaptarse. No tenía intención de volver a Cuba. Nuestro futuro estaba aquí.

Ese proceso de adaptación no se limitaba al idioma. También transformó lo que comíamos. Dejamos atrás la rutina de arroz y frijoles para abrirnos a sabores nuevos. A veces, Rio preparaba arroz frito chino. Otras veces nos llevaba a comer hamburguesas y pasteles de manzana en McDonald's. En ocasiones, encendíamos el carbón en el patio y hacíamos carne o pollo a la barbacoa.

A todos les gustaban las hamburguesas a la parrilla, menos a Tania, que prefería los perros calientes —ese embutido de carne o de pollo y, quién sabe, cuántas cosas más.

En Tampa descubrimos muchos lugares donde vendían sándwiches cubanos. Recuerdo que me dio risa la primera vez que compramos uno. Rio me explicó que se habían inventado en Ybor City, aunque en Miami decían lo mismo. Llevaban pan cubano —que no se parecía al de Cuba— con jamón, queso suizo, cerdo asado, encurtidos y mostaza. Yo lo prefería con mayonesa.

Siempre me pareció curioso el nombre. En Cuba hacía años que no veíamos jamón ni queso.

Poco a poco, también adoptamos nuevas tradiciones. Celebrábamos el Día de Acción de Gracias con pavo y, en Navidad, intercambiábamos regalos. En Cuba apenas teníamos suficiente para comer.

Pero nada nos resultó tan extraño como Halloween.

Una tarde de octubre, al acercarnos a la casa de Nelia, vimos a varios niños caminando por la acera disfrazados de fantasmas, vampiros, monstruos y magos. Llevaban calabazas de plástico o bolsas en las manos. Rio estacionó el Chevette gris y bajamos del carro. Apenas habíamos dado unos pasos cuando los niños tocaron el timbre.

—¡Trick or treat! —gritaron al unísono.

La puerta se abrió y apareció Nelia, sonriendo. Sacó un puñado de caramelos de una bolsa y repartió algunos a cada niño.

—Gracias —dijeron algunos antes de correr a la casa de enfrente.

Otros ni siquiera agradecieron. Revisaron lo que habían recibido, hicieron una mueca y se fueron.

El patio estaba decorado con una bruja y un esqueleto. Una especie de telaraña cubría los arbustos.

—¿Caramelos gratis? —preguntó Gustavo.

Yo estaba tan confundida como él.

—Sí —dijo Rio—. Es Halloween. Los niños se disfrazan y los vecinos les dan dulces.

—¿Y por qué?

—Tradición.

Gustavo y Lynette me miraron. Yo me encogí de hombros.

Nelia nos recibió con un abrazo y nos hizo pasar. Rio le entregó un pastel de calabaza que habíamos comprado en Winn-Dixie. Me había explicado que en este país era costumbre llevar algo cuando te invitaban a cenar. Era nuestra primera invitación y me sentía incómoda.

Cuando Rio me lo propuso días antes, me negué. Éramos muchos. Luego cambié de opinión. No quería parecer desagradecida.

Nos sentamos en la sala. Los niños se acomodaron juntos. Gustavo no tardó en preguntar:

—Papá, ¿puedo ir a buscar caramelos como los otros niños?

—Gustavo, ¿qué te he enseñado? —dije con firmeza.

—No tienes disfraz —añadió Rio.

Bajó la mirada y empezó a jugar con sus dedos.

Poco después, Nelia volvió con su esposo. Nos levantamos para saludar.

—Espero que tengan hambre —dijo Tom—. Cocinamos bastante.

Conversamos unos minutos. Entonces aparecieron sus hijos, listos para salir.

—¡Vamos a pedir dulces! —dijo el mayor.

—Esperen —intervino Nelia—. Llévense a Gustavo y a las niñas.

—No tienen disfraces —dijo Rio.

—No los necesitan. Vamos, no les arruines su primer Halloween.

Gustavo miró a su padre.

—Está bien —cedió Rio.

Lynette salió enseguida. Tania dudó.

—Ve —le dije—. Es algo nuevo.

Se levantó de mala gana y siguió a los demás.

Cuando nos quedamos solos, Rio me susurró:

—No me gusta que mis hijos vayan a casas de desconocidos.

—Nelia no los dejaría ir si no fuera seguro —respondí.

No parecía convencido.

Miré a mi alrededor: las fotos familiares, las cortinas claras, los sofás bien combinados.

—Algún día me gustaría tener una casa así —le dije.

Rio sonrió.

—La tendremos.

Me rodeó con el brazo.

—Te amo.

—Y yo a ti.

Capítulo 6 – El primer Halloween

Cuando los niños regresaron, traían las bolsas llenas. Me sorprendía que la gente diera dulces a cualquier niño que tocara la puerta. Era una forma de generosidad que aún estaba aprendiendo.

Pero Nelia añadió otra lección.

—No se coman nada hasta que revisemos los dulces.

Explicó que en otros lugares habían encontrado objetos peligrosos dentro de los caramelos.

—Es mejor prevenir.

Observé cómo tiraban los dulces sin envolverlos. Me dolió verlos ir a la basura.

En la cocina, mientras preparábamos la mesa, Nelia me preguntó por mi hermana. Le conté y ella escuchó en silencio.

—Rezaré por ellos —dijo.

Miré al suelo.

—Yo recé durante años...

No terminé la frase.

—Dios no abandona —respondió ella.

No supe qué decir.

Cuando los niños volvieron, la casa se llenó de ruido y risas. Nos sentamos a la mesa. Había arroz, frijoles, cerdo, plátanos. No pude evitar pensar en Cuba.

Me aseguré de que no se sirvieran más de lo que iban a comer.

Lynette y Gustavo estaban felices. Tania, no tanto, aunque comía en silencio.

Poco a poco, Tampa empezaba a sentirse como un hogar. Y yo, por primera vez en mucho tiempo, empezaba a creer que tal vez lo sería.

Capítulo 7 – Comunión

Le pedí a Nelia que no hablara de inmediato con el sacerdote. Quería darle tiempo a Rio para que se adaptara a la vida de hombre casado, con esposa e hijos. Después de tantos años, no le resultaba fácil. Estaba acostumbrado a ir a los bares después del trabajo y a no consultar sus decisiones con nadie. Ahora ya no podía hacer ninguna de esas cosas, y convivir con adolescentes era más difícil de lo que había imaginado.

Lynette, mi hija del medio, siempre había dormido conmigo cuando vivíamos en Cuba, y le molestaba que su padre hubiera ocupado ese lugar. Gustavo quería toda la atención de Rio. Tania, en cambio, se acercaba a él —y a casi todo el mundo— con cautela. Vivía concentrada en sus estudios y en lo que escribía. Rio quería verla más integrada a la vida de la familia. A veces se paraba a su lado mientras estudiaba y le hacía muecas, como un payaso. Ella levantaba la vista, le sonreía apenas y enseguida volvía a lo suyo.

Yo había intentado muchas veces derribar la pared que Tania levantaba entre ella y los demás. Pensaba que quizá me culpaba por los años que pasó lejos de su padre. Tal vez tampoco me había perdonado por haber intentado quitarme la vida cuando era niña. Nunca se lo pregunté. Me avergonzaba siquiera pensar en ello. Yo siempre había sido la que daba fuerzas a los demás, y recordar que mi desesperación me había arrastrado hasta aquel día me avergonzaba. Para seguir adelante, preferí convencerme de que ella lo había olvidado. Pero fue ingenuo de mi parte creer que un hecho así podía borrarse con la facilidad con que se borra un número de una pizarra.

Su frialdad me entristecía, pero tenía preocupaciones que pesaban más, como el futuro de mis hijos. El pasado no podía cambiarlo, y tampoco quería consentirla demasiado. Ya casi era una mujer y debía entender que la vida no era perfecta y que su porvenir dependería de su capacidad de adaptación. En Estados Unidos, la gente llamaba a eso "tough love".

Los niños crecían y se acostumbraban con rapidez a su nuevo país. Los adultos, en cambio —sobre todo mi suegra y yo—, seguíamos llevando a Cuba metida en el pecho. En la isla se decía a menudo que un hombre nunca debía olvidar de dónde venía. Mi suegra, Rio y yo vivíamos aferrados a esa idea. Los niños, no.

Cada vez que yo sacaba el tema, Tania me decía:

—¿Puedes dejar de hablar de Cuba? ¿Para qué? ¿No has sufrido ya bastante?

Tenía razón. Rio solía decir que Cuba ejercía un poder misterioso sobre quienes habían vivido allí, que no importaba cuán lejos estuviera un cubano de su patria: Cuba siempre seguiría dentro de él. Algunos de nuestros amigos tenían pequeños altares dedicados a la isla: una imagen de la Virgen de la Caridad, monedas antiguas y cuadros. Recordar a Cuba curaba y dolía al mismo tiempo.

Aunque Tania se estaba adaptando bien, empezó a compararse con algunas de sus amigas. Ellas tenían carro, ropa bonita, casas mejores. Yo insistía en que no le diera tanto valor a las cosas materiales.

—Tener una familia y saber querer a los demás es lo más importante —le decía.

Pero eso era difícil de entender a su edad, cuando una quería parecerse a sus amigas más que a nadie.

Un día, como si nada de lo que yo le hubiera enseñado importara, Tania se acercó a su padre y le preguntó:

—Papá, ¿me puedes comprar un carro?

La miré fijamente, esperando detenerla, pero evitó mis ojos.

—Espera un momento —le dije con severidad—. Apenas podemos cubrir los gastos de la casa. ¿y tú quieres que te compremos un carro?

Se cruzó de brazos, me miró con frialdad y salió de la cocina dando un portazo.

Tania siempre había sido ingeniosa y persistente. Al día siguiente, cuando volvió de la escuela, dejó los libros sobre la mesa del comedor y corrió al patio, donde su abuela estaba sentada leyendo una carta.

—¡Abuela! —gritó—. Déjame enseñarte algo.

La besó en la mejilla y la abrazó. Siempre la abrazaba con una ternura que yo habría querido para mí.

Desde la cocina podía oírlas.

—¿Qué son esos libros? —preguntó Mayda.

—Estoy vendiendo productos de Avon —respondió Tania, sonriente, mientras pasaba las páginas llenas de colores y fotos de lápices labiales, sombras, cremas y perfumes.

—¿No eres muy joven para eso? —preguntó su abuela.

Tania arrastró una silla y se sentó a su lado.

—No puedo ser vendedora oficial porque todavía no tengo dieciocho años, pero la mamá de una amiga vende por comisión. Si yo consigo clientas, ella me da una parte. Es dinero fácil.

No me gustó lo que estaba oyendo. Me sequé las manos y fui hacia ellas. Abracé a Tania. Apenas se movió.

—¿No hay abrazos para mí?

Apartó la vista y empezó a morderse los dedos. No insistí.

—¿Qué estás vendiendo? —le pregunté.

—Cosméticos —dijo, sin mirarme.

—Estoy de acuerdo con tu abuela. Eres demasiado joven. Además, necesitas concentrarte en la escuela. Ésa es tu prioridad.

—Voy a seguir concentrándome en la escuela —contestó, poniendo los ojos en blanco—. Pero puedo hacer ambas cosas.

—No tienes tiempo suficiente —le dije—. Sabes que tengo grandes sueños para ustedes. Quiero que triunfen en este país.

Respiró hondo.

—¡Pero sí tengo tiempo, mamá!

—Tus notas no son las mismas que en Cuba.

Frunció el ceño.

—¿De verdad, mamá? ¿Tú crees que pueden ser las mismas cuando me trajiste a un lugar donde no entiendo a mis maestros? Paso horas traduciendo las tareas. Y en la escuela tengo que ayudar a Lynette. Mientras la ayudo, dejo de prestar atención.

Lynette, que en Cuba estaba un grado por debajo de Tania, había quedado en el mismo curso al llegar a Estados Unidos. Yo había pensado que eso las ayudaría a ambas. Tal vez no había sido así. Pero Tania sabía lo importante que era para mí que ayudara a su hermana.

—Entonces eso significa que tienes que concentrarte todavía más en aprender inglés —le dije.

Sacudió la cabeza.

—Siempre me dices que tengo que salir de mi cáscara, ¿no?

—Sí. ¿Y eso qué tiene que ver?

—Que, si vendo Avon, tendré que hablar con la gente. Mato dos pájaros de un tiro.

Tuve que reconocer que su argumento no era malo.

—Tú siempre tienes una respuesta para todo —le dije.

Hasta ese momento mi suegra había permanecido en silencio, observándonos. Entonces dobló la carta y dijo:

—Laura, Tania es una buena muchacha. ¿No confías en ella?

Me quedé callada. Me molestó que Mayda interviniera, pero, en el fondo, sabía que tenía razón. Respiré hondo, me volví hacia Tania y tomé sus manos entre las mías.

—Claro que confío en ti —le dije—. ¿Cómo no voy a confiar? Eres mi hija mayor. Durante todos esos años en Cuba fuiste mi confidente.

Le acaricié el pelo.

Al día siguiente empezó a vender Avon en la escuela. Resultó tener un talento natural para vender y, en poco tiempo, había ahorrado más de seiscientos dólares. Su determinación me impresionó. Quería comprarse un carro, como tantos de sus compañeros. No entendía, sin embargo, que, aunque lograra reunir el dinero, nosotros no podríamos pagarle el seguro.

—Voy a buscar trabajo para pagar mi seguro —anunció un sábado por la mañana, durante el desayuno.

Lynette y Gustavo levantaron la vista enseguida, atentos al intercambio.

—No vas a buscar trabajo —dijo Rio de inmediato.

—¡Pero mis amigas trabajan! ¿Por qué yo no puedo?

—Porque necesitas concentrarte en los estudios. Eso es lo más importante. Tu madre y yo queremos que tengas un buen futuro.

—Sí, ya lo sé —dijo ella con fastidio—. Lo han dicho mil veces.

Se levantó bruscamente de la mesa, sin terminar la leche ni la tostada.

—Me voy al cuarto. No tengo hambre.

Rio señaló la silla con una mirada dura.

—Te sientas y desayunas.

Tania lo miró con rabia. Él le sostuvo la mirada. Yo contuve el aliento cuando vi que se cruzaba de brazos. Traté de llamarla con los ojos. Por fin me miró y negué con la cabeza. Después de unos segundos, respiró hondo, bajó la vista, se sentó y empezó a comer.

Cuando terminó, se levantó y volvió a mirar a su padre.

—¿Feliz? —preguntó, desafiante.

Era la primera vez que le hablaba así, y temí la reacción de Rio. Él no respondió de inmediato. Solo la miró con seriedad.

—Puedes irte a tu cuarto.

Más tarde, cuando tuvo tiempo para calmarse, Tania se disculpó con su padre.

Mis hijos habían aprendido pronto a no poner a prueba el temperamento de Rio. Rara vez buscaban enfrentarlo. Hasta cuando se molestaban con él, terminaban cediendo, quizá porque Rio siempre encontraba la manera de llenar sus vidas de emoción. Era él quien les enseñaba cosas nuevas y convertía cualquier tarde en una aventura. Un día, por ejemplo, les enseñó a disparar una pistola de pellets en el patio. No me gustaba verlos con un arma en las manos, pero entendí que, si nuestro matrimonio iba a funcionar, yo también tendría que hacer concesiones.

Cuando Rio estaba contento, se transformaba en un niño más. Corría detrás de ellos por la casa, les hacía cosquillas y muecas, y se ponía una peluca o unas gafas oscuras con tal de hacerlos reír. Por unos momentos lograba olvidarse de su pasado, de las llamadas inesperadas que a veces me hacían pensar que su vida anterior lo había alcanzado. Pero nuestras vidas nunca estaban libres de complicaciones.

Una mañana lluviosa de septiembre, estábamos a punto de desayunar cuando oímos un llanto afuera, junto a la puerta de la cocina. Corrí pensando que era un niño. Pero cuando abrí, vi a un cachorrito sentado en el último de los tres escalones de cemento. Tenía el pelo corto y blanco, con manchas color caramelo, y unos ojos marrones tan tristes que partían el alma.

Tania lo cargó enseguida y lo acunó entre los brazos. Temblaba.

—Tiene frío —me dijo—. Tráele un poco de leche.

Rio ya había terminado de desayunar y estaba a punto de encender un cigarrillo, pero lo dejó en el cenicero y se acercó.

—Si lo alimentas, se va a querer quedar —dijo.

Tania acariciaba al cachorro mientras Lynette y Gustavo se arremolinaban a su alrededor.

—Por favor, papá, ¿podemos quedárnoslo?

Puse un poco de leche en un jarrito de aluminio y lo acerqué al suelo, sin hacer caso a la advertencia de Rio. Tania soltó al perrito y éste corrió a beberse todo. Después se quedó lamiendo el fondo vacío, todavía temblando. Le serví más.

—Papá, por favor —repitió Tania, apretando al cachorro contra el pecho.

Rio no alcanzaba a comprender del todo lo que significaba aquella súplica. Para mí era un momento importante. Hasta entonces, a veces me había preguntado si Tania quería verdaderamente a alguien, aparte de su abuela.

Miré a Rio en silencio, suplicándole con los ojos.

—Tenemos demasiados gastos —dijo.

Observó al cachorro tratando de conservar su dureza, pero la inclinación de la cabeza, la presión de sus labios y el brillo compasivo en sus ojos delataban otra parte de él, una más suave.

—Yo comparto mi comida con él —dijo Gustavo.

Las niñas dijeron lo mismo.

—Déjales el perro —intervino Mayda.

—Por favor, papá —insistió Lynette.

Rio respiró hondo.

—Está bien.

Los tres se lanzaron a abrazarlo. Tania sujetaba al cachorro con un brazo y, con el otro, abrazaba a su padre. Rio me miró, sacudió la cabeza y se encogió de hombros. Yo le sonreí.

Así entró Danny en nuestras vidas.

Pasaron un par de semanas. Una noche de jueves, acabábamos de cenar cuando sonó el timbre. Danny empezó a ladrar y Rio abrió la puerta del patio para dejarlo salir.

—Gustavo, ve a ver quién es —le dije.

—¿Y por qué yo? —protestó.

—No discutas con tu madre y haz lo que te dice —ordenó Rio, mientras encendía un cigarrillo More Menthol.

Se sentó a la mesa del comedor. Parecía agotado. A veces trabajaba el turno de noche y, aquel día, además, había tenido que entrar al 7-Eleven antes de las siete de la mañana porque otro empleado se había reportado enfermo.

Gustavo fue a la puerta principal y la abrió. Oí una voz masculina preguntar en español, con un fuerte acento norteamericano:

—¿Está tu mamá?

—¿Quién es, Gustavo? —pregunté.

—No sé. Un señor quiere hablar contigo.

En cuanto Rio oyó que un hombre preguntaba por mí, se levantó de golpe y fue hacia la puerta.

—Quítate, Gustavo. Yo hablo con él.

Dejé lo que estaba haciendo y me acerqué. Alcancé a oír a Rio decir:

—No, no estamos interesados.

Ya estaba a punto de cerrarle la puerta en la cara cuando el hombre añadió apresuradamente:

—¡Espere! Una amiga me envió. Vengo a ver a su esposa, Laura.

—¿Mi esposa? —repitió Rio.

Para entonces yo ya estaba junto a él. Me asomé y vi al visitante vestido de negro, con el cuello blanco.

—Usted debe ser el padre Stevens —dije en español—. Sí, lo esperaba. Pase, por favor.

Rio me miró con sorpresa y desconfianza.

—Adelante, padre. Ésta es su casa.

Rio se hizo a un lado, a disgusto, y dejó entrar al sacerdote.

—Siéntese —le dije, señalando el sofá junto a la ventana—. Le traigo un café.

—No se moleste —respondió—. Sé que mañana tienen que trabajar. Mi visita será breve.

Rio seguía mirándome, exigiéndome una explicación, pero yo lo ignoré. Me senté frente al sacerdote.

—Vengo por los niños —dijo el padre Stevens.

—¿Y qué pasa con los niños? —preguntó Rio.

—Soy uno de los sacerdotes de la iglesia de San José. Tenemos un programa para niños como los suyos que no han recibido formación religiosa. Si no han sido bautizados, los bautizamos; después los preparamos para la comunión.

—No nos interesa —dijo Rio de inmediato—. Ya están bastante ocupados con la escuela y con aprender inglés.

—También necesitan a Dios en sus vidas —respondió el sacerdote.

Rio dio un paso hacia él. Su cuerpo se tensó.

—Padre, no venga a mi casa a decirme lo que necesitan mis hijos.

Le agarré el brazo.

—Padre, ¿me disculpa un momento?

—Claro. La espero.

—Rio, acompáñame, por favor.

—No hay nada que discutir.

—Por favor —insistí—. Esto es importante.

Intenté llevármelo hacia el fondo de la casa. Al principio no se movió. Sentí un nudo en la garganta.

—Enseguida volvemos, padre —dije.

Solté el brazo de Rio y caminé hacia el dormitorio de Mayda. Después de unos segundos, me siguió.

Cuando entramos, cerró la puerta y se cruzó de brazos.

—¿Por qué no hablaste esto conmigo antes, Laura?

—Porque sabía que no ibas a estar de acuerdo.

—¿Y aun así lo hiciste?

Asentí. Esta vez lo miré de frente.

—Sí.

Le acaricié los brazos con calma.

—Sé que lo que viviste en el orfelinato te hizo desconfiar de la Iglesia. Lo entiendo. Pero tus hijos tienen derecho a decidir por sí mismos qué creer.

—¿Eso es decidir? —preguntó—. ¿O les estás imponiendo la religión?

Las venas del cuello se le marcaron al decirlo.

—No les estoy imponiendo nada. Solo quiero enseñarles ahora lo que no pude enseñarles en Cuba. Cuando sean mayores decidirán si lo aceptan o no.

—Quiero evitarles la desilusión, Laura. Quiero ahorrarles descubrir que a veces, por mucho que reces, la vida igual te jode.

Me crucé de brazos.

—¿Ése es el verdadero problema?

Lo miré con firmeza.

—¿Te das cuenta de que la fe fue lo que me sostuvo viva durante casi doce años?

Guardé silencio un instante antes de seguir. No quería herirlo ni borrar lo que había sufrido.

—Cada vez que sentía que ya no podía criar sola a tres hijos en un país que no me daba nada, era esa fe en algo más grande que yo lo que me sostenía. Allá no pude enseñarles nada de esto, porque no quería que fueran distintos a los demás. Pero ahora sí puedo. No me quites esa oportunidad.

Rio se quedó callado.

Luego dio un paso hacia mí.

—Entonces mi opinión no importa. ¿Eso me estás diciendo?

No quería pelear. Pero había algo que yo sabía, aunque nunca se lo dijera: durante años había sido yo quien había cambiado pañales, llevado a los niños al médico, trabajado jornadas interminables para darles de comer, mientras él apenas podía mandar dinero. En el fondo, yo creía saber mejor que nadie qué les hacía falta. Aun así, sabía que nuestros hijos necesitaban a su padre.

—No es eso —dije al fin—. Sé que los quieres. Pero estás demasiado herido para ver esto con claridad. Déjame hacerlo. Lo que pueden ganar es más de lo que arriesgan.

Hubo un largo silencio. Respiró hondo.

—No estoy de acuerdo. Creo que es un error.

Su frustración era visible.

—Ya casi no los veo entre el trabajo y todo lo demás, ¿y ahora también quieres que me los quiten los fines de semana?

Fruncí el ceño.

—¿Ésa es la verdadera razón?

Golpeó varias veces el índice contra el muslo.

—Haz lo que quieras —dijo—. Pero no me pidas que esté de acuerdo.

—Trata de entenderme.

—Ya terminé de hablar.

Salió al patio, agitando el brazo de enojo. Ése fue nuestro primer desacuerdo serio.

Rio me había contado muchas veces la historia de las pérdidas que marcaron su niñez: la muerte de su padre, la de su hermano mayor, los años en el orfelinato dirigido por sacerdotes, cuando el dolor de su madre era tan grande que ya no podía cuidarlo. También me habló del sacerdote que lo humillaba y le tiraba al suelo el cubo de agua sucia cada vez que terminaba de limpiar.

Mayda visitó a su hijo varias veces en aquel lugar. Rio rezaba entonces para que el dolor de su madre cediera y lo llevara de vuelta a casa. Cuando eso no ocurrió, ni siquiera después de que ella cambiara el vestido negro del luto por uno estampado de flores, dejó de rezar. Dejó de creer.

Yo entendía esa herida y siempre esperé que algún día recuperara la fe. Pero aquellas experiencias eran suyas, no de nuestros hijos.

A pesar de su oposición, inscribí a los niños en catecismo.

Y empezaron a prepararse para la comunión.

Capítulo 8 – Nuestra nueva vida

Las llamadas a Cuba eran caras, así que casi siempre le contaba a mi hermana por carta cómo íbamos haciendo nuestra vida en Tampa: los regalos que los niños recibían en la iglesia, la ayuda de nuestros amigos, las pequeñas cosas que nos iban sosteniendo. Me conmovía la generosidad de la gente. Su amabilidad me hizo enamorarme de aquella ciudad.

También me atraía la forma misma de Tampa: una ciudad de familias trabajadoras y de clase media en crecimiento, más pequeña y manejable que Miami. Tenía dos universidades, la Universidad de Tampa y la Universidad del Sur de la Florida. La Universidad de Tampa, que antes había sido el hotel Tampa Bay, con sus minaretes y cúpulas de estilo árabe, me parecía el emblema más bello de la ciudad. Me encantaba cuando Rio nos llevaba en carro, a los niños y a mí, por los alrededores de ambos campus.

—Quiero que estudien en una universidad como ésta, que se gradúen y triunfen —les decía a mis hijos—. No hay nada más importante que una buena educación.

A través de unos amigos, Tania conoció a Louise, una escritora de mediana edad que luchaba contra una enfermedad mortal. Tania le enseñó algunos de sus cuentos escritos en español y Louise, impresionada, la animó a seguir escribiendo. La segunda vez que vino a la casa le trajo un diario para que guardara allí sus textos. Tania lo recibió como un tesoro. Seguía escribiendo en español, pero soñaba con hacerlo algún día en inglés.

Louise también le regaló un tocadiscos usado y una colección de discos de doce pulgadas. Estaba en mejores condiciones que el que nos había dado otro vecino, así que donamos el primero a una amiga de Tania.

A las muchachas les encantaba bailar y escuchar música americana, algo que en Cuba no habían podido hacer con libertad. A mí me alegraba verlas contentas. Pero, por encima de todo, me alegraba ver reír a Tania.

Aun así, la distancia entre nosotras seguía ahí.

Durante aquellos primeros meses en Tampa, cambié varias veces de trabajo. El del hotel resultó demasiado pesado para mí, y no tuve más remedio que buscar otra cosa. Encontré empleo preparando comida para los pasajeros de los aviones, pero después de tantos años como maestra, adaptarme a una línea de producción me resultó difícil. Me despidieron a los pocos meses.

Al final, alguien me habló de un puesto en la recepción de un hospital. Mi inglés todavía no era lo bastante fuerte, así que compré libros usados y casetes para seguir practicando. Por las noches, cuando todos en la casa ya se habían acostado, me sentaba a repetir frases en voz alta.

—*My name is Laura. What is your name? How are you?*

Sostenía conversaciones enteras conmigo misma.

El esfuerzo dio resultado, y me contrataron.

Con el tiempo, también fuimos haciendo conexiones que le permitieron a Río encontrar trabajo en una empresa de cristales. El sueldo era mucho mejor que el del 7-Eleven. El día en que lo contrataron, volvió a casa con una sonrisa radiante y enseguida fue a contárselo a su madre.

—¿Trabajando con vidrio? ¿Estás loco? —dijo Mayda.

—Vale la pena, mamá. Tenemos una familia grande.

—No puedo creer que arriesgues tu vida por dinero —respondió ella, cruzándose de brazos—. No sé qué haría si te pasara algo. No vale la pena.

—No te preocupes. Voy a estar bien.

—¡Abuela, papá es fuerte! —exclamó Gustavo.

Mayda miró a Rio con enojo.

—Me voy a la cama. A nadie le importa lo que digo. Es como si yo no existiera. Y no se molesten en llamarme para cenar. No voy a comer esta noche.

Se fue dejando tras de sí un silencio pesado.

Poco después empezó a comer menos y a levantarse cada vez más tarde. Pero el nuevo trabajo de Rio no era la única razón de su estado. Extrañaba a Cuba, extrañaba a su familia, y ninguno de nosotros supo medir el daño que le había hecho el desarraigo. Le insistíamos en que comiera, en que nos acompañara, en que saliera con nosotros, pero Mayda se hundía cada vez más en una tristeza que nosotros confundíamos con terquedad. Hasta Danny, nuestra mascota, intentaba animarla: se sentaba a su lado y le lamía las manos. Ni siquiera eso parecía alcanzarla.

Cuando nuestros sueldos mejoraron un poco, Rio empezó a sorprendernos con salidas a restaurantes. Nada lujoso: pizza, hamburguesas, mariscos fritos. Le rogaba a su madre que nos acompañara, pero ella casi nunca aceptaba. Salía poco de la casa, como si estuviera esperando una llamada que nunca llegaba.

Capítulo 8 – Nuestra nueva vida

Nuestra vida era sencilla. Trabajábamos, ayudábamos a los niños con las tareas y los fines de semana íbamos a los parques. Rio les imponía responsabilidades: cortar el césped, lavar los platos, colaborar en la casa. Una vez, al ver el patio de una anciana cubierto de hierba mala, decidió que los niños debían acompañarlo hasta su casa. Empujó la cortadora de césped casi una cuadra hasta aquella vieja casita de madera y se quedó afuera con las niñas, mientras le pedía a Gustavo que tocara la puerta.

—Mi papá, mis hermanas y yo le vamos a cortar el césped gratis —le dijo Gustavo en su inglés vacilante cuando la mujer abrió.

—No, así está bien —respondió ella.

—No se preocupe. No le vamos a cobrar. Mi papá dice que debemos ayudar a nuestros vecinos.

La señora sonrió, tomó las manos de Gustavo entre las suyas y dijo:

—Dios bendiga a tu familia.

Hacía muchísimo calor. Rio se aseguró de que cada uno tuviera su turno con la cortadora, incluidas las niñas. Cuando no la usaban, arrancaban las hierbas altas de los lados de la casa. Volvieron sudorosos, con ampollas en las manos, pero Rio insistió en que aquella experiencia les enseñaría a ser mejores ciudadanos y a preocuparse por los demás.

Desde que llegamos a Estados Unidos, Rio no había permitido que los niños vieran canales en español. Esa disciplina los ayudó a aprender inglés más rápido que otros muchachos. Estaban creciendo deprisa. Gustavo ya era casi tan alto como yo, aunque yo siempre había sido baja según los estándares de este país.

Dos semanas antes de nuestra primera Navidad juntos, Rio llevó a los niños a ver una casa famosa del vecindario porque su dueño la decoraba de manera deslumbrante. Nunca habíamos visto nada semejante: luces de colores por todas partes, un tren eléctrico que rodeaba un árbol enorme, un muñeco de nieve de tela blanca y un nacimiento con un niño Jesús de tamaño real. Al ver a tantas familias haciendo fila para contemplarla, sentí ganas de llorar.

—¡Mira, papá! —repetían Gustavo y Lynette.

Tania no decía nada, pero no apartaba los ojos de la ventanilla mientras Rio pasaba una y otra vez frente a la casa.

Después quiso llevarlos a una tienda para que vieran los árboles de Navidad. En cuanto vi los precios, negué con la cabeza.

—No podemos darnos ese lujo. No es solo el árbol; también son las luces, los adornos. Es demasiado dinero por algo que se usa solo unos días.

Rio estuvo de acuerdo, pero su decepción era evidente cuando vimos a tantas familias saliendo con árboles y cajas de decoración.

De todos modos, no era un hombre que se rindiera con facilidad.

El fin de semana antes de Navidad, los niños y yo estábamos viendo televisión cuando la puerta se abrió y Rio entró cargando un pino natural. Venía radiante.

—¿Lo compraste? —pregunté—. Debe haber costado una fortuna.

Negó con la cabeza.

—Entonces, ¿de dónde salió?

Sonrió con esa expresión traviesa suya, como la de un niño que sabe que ha cometido una travesura.

—No quería que los niños se quedaran sin árbol en su primera Navidad. Hay un terreno en Drew Park, cerca del aeropuerto, lleno de pinos. Busqué el más bonito y lo corté.

Lo miré, incrédula.

Capítulo 8 – Nuestra nueva vida

—¿Hiciste qué? ¿Y eso no es ilegal?

—Creo que ese terreno es del aeropuerto —dijo—. Ni lo van a notar. En todo caso, les hice un favor. Un árbol menos para cortar cuando expandan el aeropuerto.

—No puedo creer que te arriesgaras a ir a la cárcel por complacer a los niños.

Se encogió de hombros, sonrió y hasta hizo un pequeño baile de victoria.

Yo no compartía su entusiasmo. Aquello iba en contra de los valores que quería inculcarles a nuestros hijos. Más tarde, en la intimidad del cuarto, se lo dije.

—Yo solo quería verlos felices —respondió.

—Las cosas materiales no hacen feliz a nadie, no de verdad, no a largo plazo. Lo que importa es el amor, la familia, el trabajo honrado. Sé que lo haces con buena intención, y te lo agradezco. Pero también tenemos que pensar en lo que les estamos enseñando.

Respiró hondo.

—Me estás pidiendo demasiado. Déjame disfrutar esto.

Y salió del cuarto.

Los niños ayudaron a su padre a colocar el árbol en una esquina de la sala, y Danny no dejaba de dar vueltas a su alrededor. Al día siguiente, cuando Louise supo que teníamos un árbol, habló con varias amistades y nos trajo decenas de luces usadas. Incluso nos ayudó a decorarlo.

Quedó hermoso.

La mañana de Navidad, mientras mis hijos se sentaban alrededor del árbol a abrir sus regalos, no podía imaginar una felicidad mayor que la que sentía en ese momento. Le di gracias a Dios por mi familia y por la vida que íbamos construyendo poco a poco.

Capítulo 9 – Mi primera cita

Lynette y yo llegamos de la escuela y nos encontramos a mi abuela lavando platos en la cocina, mientras mi hermano veía repeticiones del programa «Star Trek» en el televisor de la sala. Al ver que Gustavo no se había cambiado de ropa, se lo recordé.

— ¡No me des órdenes que no eres mi madre! —respondió bruscamente.

—Tengo diecisiete años y soy mucho mayor que tú —le dije—. Sabes que papá se enojará cuando llegue del trabajo si te ve con la ropa de la escuela.

— ¿Y qué? Tengo catorce años. Soy un hombre y puedo tomar mis propias decisiones. No me voy a cambiar.

—Es tu funeral —le dije y me alejé.

Habían transcurrido más de dos años desde nuestra llegada a los Estados Unidos y nuestro inglés mejoraba cada día, tanto que, a veces, cuando queríamos esconder algo de los adultos, mis hermanos y yo nos hablábamos en un inglés chamuscado. Durante ese tiempo, yo había pensado mucho en mi novio y en mis amigas que había dejado en Cuba. Me preguntaba qué había pasado cuando se enteraron de que me había ido para no regresar nunca.

Capítulo 9 – Mi primera cita

Ahora tenía nuevas amistades, no muchas, pero estaba empezando a acostumbrarme a mi nueva vida. Me gustaba mi secundaria, Jefferson High School. Los maestros eran geniales y la escuela era más limpia y nueva que las de Cuba.

Estaba en mi último año y, después de muchas horas de arduos estudios, mis calificaciones habían mejorado considerablemente, transformándose las de Cs y Ds del décimo grado en As, o sobresaliente, en la mayoría de mis clases.

Yo aún no había tenido novio en los Estados Unidos. Siempre estaba demasiado ocupada, entre mi escritura y mi escuela. Extrañaba tocar el piano, como hacía, casi a diario, cuando vivíamos en Cuba. A mi madre le había costado mucho trabajo encontrar uno a un precio razonable, pero el día en que mamá llegó a casa con un piano viejo, me di cuenta de que había realizado otro milagro. No estaba afinado y tenía teclas rotas. Así y todo, me encantaba tocar en él canciones cubanas y música de Sebastián Bach, anhelando tener algún día uno nuevo en Estados Unidos.

Ya sabía conducir, pero, a diferencia de muchas de mis amigas, yo no tenía carro ni tampoco las ropas bonitas que las chicas de mi clase usaban, lo que me hacía sentir menos segura de mí misma, como si no perteneciera al grupo.

Todavía tenía pesadillas, no tan frecuentes como antes, aunque nunca se lo dije a nadie, ni siquiera a mi hermana. Siempre era la misma pesadilla. Me veía dentro de una caja que se hacía cada vez más pequeña, hasta que ya no podía respirar. Me despertaba sudando y con el corazón latiendo tan fuerte y rápido que podía escuchar sus latidos. Habían pasado más de diez años desde que comencé a tenerlos. Pensé que era la forma en que mi cuerpo me recordaba que no era normal.

Capítulo 9 – Mi primera cita

— ¡Abuelita, tengo una gran noticia! —dijo mi hermana de dieciséis años, mientras besaba y abrazaba a nuestra abuela—. ¡Estoy enamorada!

Mi abuela se secó las manos, se volvió hacia mi hermana y la miró con curiosidad.

— ¿Enamorada? —le preguntó—. Eres una niña. ¿Qué sabes tú sobre el amor?

—Oh, abuelita, tu no entiendes. ¡Es muy guapo! Es blanco como un fantasma, tiene el pelo negro y un pequeño bigotico negro.

— ¡Pero Dios mío! ¿Estás enamorada de Hitler? —preguntó mi abuela en el preciso momento en que yo me llevaba un vaso de agua a los labios. Me dio tanta risa, que casi escupo el agua que tenía en la boca.

—No, no estoy enamorada de Hitler. Es el muchacho más guapo que he visto en mi vida.

Mi abuela sacudió la cabeza y luego sus ojos se quedaron fijos, como si mirara en la distancia. Imaginé lo que pensaba cuando mi hermana mencionó la palabra «amor».

Una semana antes, había recibido una carta de su hermana. —Querida hermana —decía:

Es muy difícil para mí escribir estas palabras. Luché con la idea durante días, pero luego llegué a la conclusión de que necesitabas saber lo que te iba a contar. No es justo ocultártelo por más tiempo.

Con un dolor inmenso, lamento decirte que tu querido esposo falleció mientras dormía, poco después de que te fuiste. Debe consolarte el hecho de que no sufrió y que ahora está con Dios. Te amó mucho y estoy segura de que él te esperará en el Cielo. Te extraño, mi hermana.

Tu casa estuvo vacía por un tiempo, pero desde hace poco, una pareja la ocupa. Probablemente revolu-

Capítulo 9 – Mi primera cita

cionarios. Me entristece levantarme cada mañana y no verte trabajando en tu rosal.

Nuestra familia está bien, pero después de que te fuiste tan repentinamente, mi hija y mis nietos han empezado a considerar irse. Tengo miedo de que cuando llegue mi hora, muera sin tener a nadie a mi lado. El tiempo lo dirá. Sólo quiero lo mejor para ellos y si mi hija decide irse, no la voy a detener.

Un abrazo de mi parte y de la familia. Espero que podamos vernos de nuevo algún día.

Luego de leer aquella carta, mi abuela estuvo tres días sin salir de su habitación.

Mi abuela se acercó a mi hermana y respiró hondo.

—Niña, tómate tu tiempo —dijo—. Tendrás muchos muchachos guapos de los que escoger. Te ves hermosa, como yo cuando tenía tu edad. Déjalos que vengan a ti.

—Pero si fue él quien me buscó, abuelita —dijo Lynette, mirándola y luego suspirando—. Me invitó a la fiesta del «prom». ¡Estoy tan feliz!

Lynette se abrazó a sí misma y miró al techo.

— ¿El prom? —preguntó mi abuela—. ¿Qué significa eso?

—Es una fiesta en la escuela —le respondí.

—Pues acabo de aprender mi primera palabra en inglés —dijo mi abuela—. Un nombre extraño para una fiesta. Y tú, Tania, ¿conoces a este príncipe encantador?

Hice un gesto negativo con la cabeza, arqueando los ojos hacia arriba.

—Lynette, por favor, enfócate en las cosas importantes —dijo mi abuela—. Puedes esperar un poco más para empezar a salir con muchachos. Además, ¿no conoces a tu padre?

Capítulo 9 – Mi primera cita

—Sí, abuela. Conozco bien a papá, pero es ahí donde me puedes ayudar.

— ¿Perdón? —preguntó mi abuela, cruzándose de brazos.

—Sí, mi abuelita. Necesito que convenzas a papá. ¡Por favor, ayúdame!

—Definitivamente, no. No puedo meterme entre tú y tu padre. Sabes lo enfadado que se pone cuando me meto en sus asuntos.

—Una última vez, abuelita, por favor. Te lo prometo. No te pediré ningún otro favor. ¿Sabes lo difícil que es, para una cubanita refugiada como yo, ser invitada al baile del *prom* por alguien que habla un inglés perfecto? ¡Pero él me invitó! No puedo rechazarlo.

Gustavo, quien había bajado el volumen de la televisión para escuchar nuestra conversación, entró a la cocina.

—No vas a ir a ninguna parte. Papá no te dejará —le dijo Gustavo a Lynette.

— ¿No tienes que hacer alguna tarea, cabeza de alfiler? —preguntó Lynette—. O mejor aún, ve a buscar tus juguetes.

—Soy un hombre. No necesito juguetes.

Lynette continuó burlándose de él hasta que Gustavo salió de la cocina con los brazos cruzados. Más tarde, cuando mis padres se sentaron a la mesa para cenar, mi hermana le contó a mi madre sobre la fiesta. Como Gustavo sospechaba, mi padre le dijo que no. Gustavo miró a mi hermana y alzó las cejas, con una leve sonrisa en los labios.

—Rio, tienes que dejar que las niñas se entretengan un poco —dijo mi abuela, mientras servía los espaguetis y la carne.

Todos aguantamos la respiración cuando notamos la mirada airada que mi padre le dirigió a mi abuela. Mi padre se rascó la cabeza y golpeó la mesa con su dedo índice.

—Mamá —dijo mi papá—, estoy harto y cansado de que te creas que puedes decirme cómo criar a mis hijos.

Los ojos de mi abuela se inundaron de lágrimas.

— ¿Tus hijos? —dijo ella—. ¿Sabes tú todo lo que hice por *tus* hijos cuando estabas lejos de ellos?

Mi abuela hizo una pausa y miró a mi padre con enojo.

—No quiero decirte cosas que te lastimen, hijo, pero cuando apenas le enviabas dinero a *tus* hijos, ¡fui yo quien ayudó a Laura a alimentarlos, asegurándome de que no les faltara nada!

Mi abuela se quedó en silencio, como arrepentida de lo que había dicho. Luego, respiró hondo y dijo: «¡Lo siento, no puedo seguir hablando! Tus palabras me han dolido mucho. Me voy a la cama.

Mi padre cerró los ojos, se masajeó sus sienes y golpeó la mesa con el puño. Luego se levantó y salió disparado hacia el patio trasero, con su paquete de cigarrillos y un encendedor en la mano.

—Niños, terminen de comer —dijo mamá—. Lynette, la próxima vez, por favor espera a que termine la cena antes de hablar de temas como estos. Sabes cómo es tu padre. Siempre tratando de protegerlas. Déjame tratar de arreglar esto, para que todos podamos comer en paz.

Ella siguió a mi padre y no la vimos por unos minutos. Cuando regresaron, papá entró en el dormitorio de mi abuela, mientras mi madre se acercó a Lynette.

—Tu padre permitirá que vayas, pero necesitas llevar a Tania como chaperona —dijo y respiró hondo.

Capítulo 9 – Mi primera cita

Poco después, mi padre salió del dormitorio de mi abuela y no dijo ni una palabra, ni miró a nadie. Frunció el ceño y sacudió la cabeza mientras caminaba hacia su habitación. Esa noche, no quiso comer.

Cuando el muchacho que iba a la fiesta con Lynette supo que yo la acompañaría, le pidió a uno de sus amigos que fuera conmigo. Sin embargo, mamá se enteró de que ambas iríamos al baile acompañadas y, según las instrucciones de mi padre, tuvo que acompañarnos. Seríamos las únicas chicas que traerían a su madre al baile de ese año.

Cuando mi madre se dio cuenta de que para ir a la fiesta necesitaríamos vestidos, sabía que no tenía con qué pagarlos. No quería decírselo a mi padre, ya que se enojaría más al darse cuenta de que luego de dar su brazo a torcer, también tendría que sacar dinero de los gastos de la casa para vestidos que apenas íbamos a usar. Habló con sus amigas, quienes, a su vez, hablaron con otras amigas.

Finalmente, la esposa de un comentarista cubano muy conocido en Tampa nos invitó a su casa y se ofreció a hacer nuestros vestidos. Mi madre no quería aprovecharse de su generosidad, pero la señora insistió. Ella nunca había tenido hijos y le explicó a mi madre que hacer esto le ayudaría a sentirse como madre. Entonces comenzamos a visitar a la amable señora con más frecuencia y ella empezó a trabajar en nuestros vestidos. Durante cada visita, nos daba la bienvenida con una sonrisa amplia y amistosa. Siempre tenía listos refrescos y galleticas para nosotras. Al fin, logró terminar los vestidos: ambos largos: el mío, de color rosado, con vuelos , y el de mi hermana, de color beige y drapeado. Nunca olvidaría aquel gesto.

La noche en que conocí a Phil, mi acompañante para el baile, tenía diecisiete años. Hasta entonces yo aún no había salido con nadie en los Estados Unidos. Phil y el novio de mi hermana nos visitaron de forma inesperada. Mi padre abrió la puerta y cuando ellos dijeron que venían a visitarnos, mi padre sacudió la cabeza y gritó:

— ¡Laura, por favor, ven aquí y ocúpate de esto! Voy a trabajar. Quédate aquí con las niñas.

Lynette y yo llegamos a la sala vestidas con pantalones cortos y sencillos, y pulóveres rosados. Desde que nos acercamos a ellos, pudimos oler su colonia almizclada. Los dos vestían con pulóveres oscuros, de cuello y de pantalones negros con pliegues. El novio de Lynette me presentó a Phil. Claramente, Phil no sabía si me besaba, o me daba la mano; pero cuando se le hizo evidente, por mi expresión y mis movimientos, que el beso era el protocolo acostumbrado, se acercó torpemente y me besó en la mejilla. Más tarde, avergonzada, yo aprendería que besar en las mejillas no era la práctica habitual en los Estados Unidos.

Phil y yo actuábamos nerviosos al principio. Mis manos estaban sudorosas y mis ojos evadían los suyos. A primera vista, me pareció a alguien que se pasaba todo el día leyendo: gruesos lentes, ojos inteligentes y una sonrisa forzada de chico malo, que encontré divertida.

—Hola, soy Tania —le dije.

—Y yo, Phil.

Nos quedamos allí parados, mirándonos torpemente.

— ¿Me puedo sentar? —preguntó.

Mis ojos se agrandaron y dije con una sonrisa nerviosa:

— ¡Ay, lo siento! Por supuesto. Siéntate.

Capítulo 9 – Mi primera cita

Lynette y su novio ya se habían sentado en el sofá de tres plazas, así que Phil y yo nos sentamos en el de dos plazas.

Después de saludar a los chicos, mi madre se sentó en un sillón para supervisar la visita.

El novio de Lynette le preguntó, en inglés, la razón por la que mi madre estaba sentada en la sala, mientras miraba a mi madre y luego a ella.

—No te preocupes por mi mamá —dijo ella—. Es que mi papá es muy estricto.

Su novio se encogió de hombros.

— ¿Quieren algo de tomar? —preguntó mi madre.

—No, gracias— contestaron los dos.

— ¿Y, a qué escuela vas? —me preguntó Phil, aunque ya sabía la respuesta.

—Jefferson.

— ¿Te gusta? — preguntó.

—Sí, me gusta mucho— respondí.

—Tengo entendido que viniste de Cuba hace un par de años. ¿Es verdad?

—Sí, soy una refugiada cubana— respondí.

Sonrió.

—Salí de Cuba cuando tenía cuatro años.

— ¿De verdad? — pregunté y mis ojos se abrieron de par en par. Era la primera vez que un chico de los que llevaban muchos años en los Estados Unidos me hablaba, lo que me hacía sentir especial. El grupo de cubanos que había venido por el Puerto del Mariel había ganado una reputación negativa, debido al número de personas que Castro sacó de las cárceles, que fueron parte de ese éxodo:

—Mi padre era un prisionero político— dijo.

— ¡No me digas! Tiene que haber sido una experiencia terrible.

—Lo fue— dijo, mientras ajustaba sus gafas—. Todavía recuerdo el día en que lo llevaron a la cárcel.

—Debe de haber sido muy difícil para ti y para tu mamá ser testigo de eso.

Él asintió.

—Yo sólo tenía dos o tres años, pero cerré los puños y golpeé a uno de los oficiales que se lo llevaba. El oficial era un tipo grande. En aquel momento me parecía un gigante verde, porque vestía un uniforme verde olivo y era más alto que mi padre. Él oficial me empujó. Me caí y empecé a llorar de frustración.

—Lo siento mucho— le dije, frotándome nerviosamente las piernas, preguntándome qué pensaría si supiera que mi padre, en un momento de su vida, había defendido a la revolución que encarceló a su padre.

Los ojos de Phil ahora se centraban en mis muslos expuestos. Traté de bajar la tela doblada de mis pantalones cortos para que cubriera más de mis piernas.

—Debería haberme cambiado—dije en un tono de voz bajo—. Pero no tengo mucha ropa. Durante los últimos dos años, he estado usando lo que nos donaron al llegar.

Phil miró hacia abajo y pareció pensativo durante un breve momento.

—Lo siento—dijo—. No fue mi intención...

—Lo sé.

Miré a mi madre. Me di cuenta de que ella estaba atenta a nuestra conversación, pero cuando nuestros ojos se encontraron, miró hacia otro lado. A juzgar por las frecuentes risas de mi hermana, era evidente que ella y su noviecito discutían temas menos serios.

— ¿Tienes hermanos o hermanas? —le pregunté.

—Sí, gemelos.

Capítulo 9 – Mi primera cita

— ¡Que lindos! ¡Me encantan los gemelos! ¿Y cuántos años tienen?

— Cinco.

Continuamos hablando de nuestras familias y nuestras vidas. Aprendí que Phil trabajaba como DJ los fines de semana.

— ¿Tú, un DJ? — le pregunté.

— ¿Qué pasa? ¿No lo parezco?

—La verdad que no. Te pareces a mi tío Antonio, quien todavía vive en Cuba y usa espejuelos como tú. Siempre está leyendo.

—Me gusta leer, pero hay cosas que me gustan más —dijo y me dirigió una mirada coqueta.

Sonreí tímidamente, miré al suelo y luego volteé la cabeza hacia mi madre.

— ¿Cuándo viniste de Cuba? —le pregunté.

—1969, durante el gobierno de Nixon.

Phil me contó que, la noche antes de salir de Cuba, un guardia le quitó su juguete favorito: un camioncito que para él era muy importante. Phil solo tenía cuatro años entonces y le rogó que se lo devolviera, pero el guardia lo empujó. Este evento dejó una huella que no se borraría fácilmente. Phil también me explicó lo importante que su madre era para él.

—Ella perdió a mi hermano mayor cuando él era un bebé y, cuando yo nací, tenía miedo de perderme también— dijo Phil. — A medida que yo crecía, ella se obsesionaba cada día más con hacerme feliz. Siempre encontraba una manera de darme todo lo que le pedía, claro, dentro de sus medios. Es muy buena madre.

La forma en que habló de su madre me impresionó.

— ¿Y qué pasó con tu familia? —me preguntó.

—Nosotros salimos de Cuba el 26 de abril de 1980 en un barco camaronero y llegamos a Estados

81

Capítulo 9 – Mi primera cita

Unidos el 27 de abril, pero nuestros papeles no fueron procesados hasta el 28 de abril. Esa es la fecha que figura en nuestros documentos.

— ¡El día de mi cumpleaños! — dijo.

— ¿De veras?

— Hablo en serio. Tal vez tú seas mi regalo de cumpleaños.

— ¡Deja de bromear! Yo no soy regalo ninguno — dije, poniéndome el pelo detrás de las orejas.

— ¿Sabías que fui al Parque McFarlane para una manifestación en apoyo a los refugiados del Mariel?

Mis ojos se agrandaron.

— ¿De verdad? ¿Y por qué te preocupas por gente como yo?

—Mi madre me ha dicho mucho sobre cómo se vive en una dictadura comunista. Yo quería ayudar a los refugiados.

Siempre creí en el destino y que todo tenía razón de ser. No comprendía entonces por qué Phil y yo conectábamos de una manera tan inusual. Me gustaba su manera de ser, genuina y agradable, con un toque de chico malo. Disfrutamos mucho hablando esa noche, tanto, que conversamos durante más de una hora, hasta que mi padre apareció en la sala y anunció:

—La hora de la visita ha terminado.

¿Hora de visita? En aquel entonces, mi padre me hacía sentir como si estuviese en una cárcel.

Estaba ansiosa porque llegara el día del baile, aunque mi madre tuviera que acompañarnos. Por fin, llegó el día de nuestra primera fiesta en los Estados Unidos. ¡Había practicado mis movimientos de baile y estaba lista! Nuestras parejas llegaron con claveles en las manos, que mi madre aseguró a nuestros vestidos con alfileres, después de que los chicos erróneamente pensaran que se les permitiría desempeñar ese papel.

Capítulo 9 – Mi primera cita

Fuimos al baile en el coche de Phil, un Plymouth Duster del 1974, con mi hermana, su novio y mi madre en el asiento trasero y Phil y yo en el delantero. El coche de Phil estaba limpio, con un nuevo ambientador de fresa colgado del espejo retrovisor. Me sentía como Cenicienta con mi nuevo vestido y mi príncipe, Phil, sentado a mi lado en un esmoquin blanco. No pudimos decir mucho en el camino a la fiesta. Mamá dirigió la conversación con ambos muchachos, tratando de aprender lo más posible sobre ellos, hasta el punto de hacer preguntas indiscretas, como: «¿Qué hacen tus padres?» A lo que Phil respondió:

—Mi madre limpia pisos para ganarse la vida y mi padre trabaja en Tampa Ship Yards.

Sólo podía imaginarme lo que ella pensaba cuando él respondió. Luego, ella preguntó:

— ¿Y no tienen educación universitaria?

Sacudí la cabeza y respiré hondo.

—No, tuvieron que trabajar en lo que encontraron para darles de comer a sus hijos. Mi madre trabajó para Coca Cola cuando estábamos en Nueva York. Esos fueron los buenos tiempos.

Mamá les continuó haciendo preguntas a los muchachos acerca de sus planes para seguir estudiando y cuando ninguno de los dos le dio una respuesta satisfactoria, dijo:

—Es mejor que empiecen a pensar en la universidad ahora, si quieren darles a sus futuras esposas una vida decente.

Sabía que discutir con ella era inútil, así que cuando nos detuvimos en una luz, traté de llamar la atención de Phil y le dije en voz baja:

— Lo siento.

Él se sonrió.

Capítulo 9 – Mi primera cita

En la entrada del salón del hotel donde tuvo lugar la fiesta, cada participante recibió un monito de peluche con el nombre de Jefferson High School. Phil y yo se los dimos a mi madre para que los guardara, y entramos en el oscuro salón de baile, donde la música sonaba y las parejas bailaban. Nos sentamos en un rincón, junto a mi madre, para conversar, pero la música estaba demasiado alta. Mi hermana y su enamorado empezaron a bailar y después de un momento de incómodo silencio, Phil me invitó a bailar.

Cuando tomó mi mano, la tenía helada.

— ¿Estás nerviosa? —preguntó.

—No, es que tengo frío —le dije.

Empezamos a bailar a una canción lenta

—Luces muy linda con ese vestido— me susurró al oído.

—Y tú te ves muy bien también—le dije, tímidamente—. Me gusta tu colonia.

Él me dio las gracias y seguimos bailando, pero mis zapatos me estaban incómodos y, después de un rato, le dije que necesitaba sentarme. Momentos más tarde, un chico rubio, bien parecido, vestido con un esmoquin negro, se me acercó, me agarró la mano y me preguntó en inglés:

— ¿Podemos bailar?

Recuperé mi mano inmediatamente y le pregunté a Phil:

— ¿Qué dijo? ¿Lo entendí bien?

—Quiere bailar contigo — dijo Phil.

Sentí un nudo en la garganta. Si esto hubiera ocurrido en Cuba, habría terminado en una pelea y eso era lo que esperaba. Con una mirada de enojo, le dije en inglés chamuscado:

— ¿Estás loco? ¿No ves que vine con él?

Capítulo 9 – Mi primera cita

El joven se disculpó y se alejó. Fue entonces cuando noté que todos sus amigos se reían de él.

— ¿Por qué hizo eso?— le pregunté a Phil.

—Él es uno de los muchachos más populares, a quien acabas de hacer lucir como un tonto.

Ambos nos reímos. No lo sabía entonces, pero mi gesto esa noche había impresionado a Phil, haciéndole comprender quién era yo. Después de esa noche, le pidió permiso a mi madre para visitar mi casa con regularidad. Ella aceptó a regañadientes y empezamos a vernos con frecuencia.

Durante su tercera visita como novio oficial, entró a mi casa con una bolsa plástica en la mano. Era sábado y mi abuela había abierto la puerta con un vestido desabrochado que le permitía a Phil ver su ajustador. Ella le pidió que se sentara y gritó:

—Tania, ese tipo está aquí para verte— y antes de que tuviera la oportunidad de salir de mi habitación, abuela se fue al patio.

Mi padre, mis hermanos y mi mamá estaban en la tienda, lo que nos dejó a Phil y a mí solos.

Él me besó en la mejilla y me preguntó:

—Y tu abuela, ¿está bien?

— ¿Por qué me preguntas?

Él me explicó cómo había llegado a la puerta.

—Perdona, pero no creo que lo esté—dije—. Tenemos miedo que la mente le esté fallando. A veces hasta habla consigo misma. Nunca debería haber salido de Cuba.

—Bueno, no conversemos más de tu abuela—dijo—. Te traje un regalo.

— ¿Un regalo?

—Sí, comprado con mi propio dinero— dijo sonriente.

Capítulo 9 – Mi primera cita

Me entregó la bolsa y la abrí con ansiedad. Cuando examiné su contenido, lo miré con una expresión confusa:

— ¿Y esta ropa es para mí?

Él sonrió.

—Si. Espero que te gusten y te queden bien.

—Me encantan—dije—. Pero ¿por qué te molestaste?

—Me dijiste que tus padres no te habían podido comprar ropa, así que te la compré yo.

Mis ojos se humedecieron de lágrimas y, antes de que pudiera contenerlas, empecé a llorar.

—Esto es lo más dulce que un novio ha hecho por mí.

Phil me acarició la espalda.

—Vamos, no tienes que llorar.

Phil se acercó a mí, me besó en la mejilla suavemente y entonces, nuestros labios se encontraron. Nos besamos apasionadamente por primera vez. Todo temblaba dentro de mí, mientras nos perdíamos en el momento, nuestros cuerpos juntos, sus brazos alrededor de mi cintura, acercándome más a él y presionando sus dedos contra mi piel.

De repente, escuché que un carro se estaba estacionando en nuestro parqueo y, luego, cuando la puerta de este se cerraba. Rápidamente, unos pasos atrás, todavía temblando.

— ¡Mi padre está aquí!—le dije—. Déjame llevar esta ropa a mi cuarto. No quiero que las vea, ni tampoco que estábamos aquí solos.

Corrí a mi cuarto, dejando a Phil en la sala, y medí mi regreso para que mi padre me viera caminando desde la parte trasera de la casa cuando abriera la puerta.

— ¿Dónde está tu abuela? —me preguntó mi padre.

—En el patio de atrás— le dije.

Papá le pidió a Gustavo que se sentara con nosotros en la sala, mientras mi madre, mi hermana y él sacaban del carro la comida que habían comprado en la bodega. Phil se ofreció a ayudarlo.

—No, gracias— dijo mi padre, con una expresión seria.

Esa noche compartí con mi madre lo que Phil me había contado sobre mi abuela.

—No está bien, Tania. Tenemos que llevarla a un psiquiatra.

Pero por una u otra razón, su turno se pospuso. No me di cuenta entonces de la magnitud de los problemas de mi abuela. Nadie se dio cuenta. Estábamos demasiado ocupados entre la escuela, el trabajo, aprender inglés, la televisión, los estudios y el empeño por conquistar el sueño americano. Y no notamos lo rota que estaba.

Capítulo 10 - Complicaciones

Mi hija mayor estaba saliendo con ese muchacho, Phil. Lo último que me faltaba.

Ya tenía suficiente con la paranoia de Río sobre su pasado, su descuido con nuestras finanzas, el deterioro mental de mi suegra y la separación de mi hermana.

Yo amaba a Río —Dios sabe cuánto— y habría hecho cualquier cosa por él. Pero en nuestra situación, gastar más de veinte dólares a la semana en cerveza y cigarrillos, o cincuenta en un restaurante, me parecía irresponsable.

Cuando Río se dio cuenta de mi habilidad para manejar el dinero de la casa —una habilidad que había aprendido durante los años en que estuvimos separados— empezó a darme su cheque cada semana. Yo apartaba dinero de la hipoteca y guardaba un poco más para hacer pagos adicionales. Necesitábamos liquidar la casa lo antes posible para tener más dinero disponible.

Pero cuando Río se quedaba sin efectivo, recurría a las tarjetas de crédito para cubrir sus gastos, y así apenas lográbamos ahorrar.

Discutíamos constantemente.

Nunca se me ocurrió que su dependencia del tabaco y de la bebida podría requerir ayuda médica. Yo creía que simplemente podía dejar esos hábitos que, según él, lo habían mantenido cuerdo durante los años que pasó solo.

Me sentía agotada. Física y mentalmente agotada.

Intentaba mantener a mi familia unida mientras me repetía que todavía tenía el control, aunque mi vida parecía desmoronarse ante mis ojos.

Y ahora mi hija estaba saliendo con ese muchacho impulsivo que tocaba rock y conducía a toda velocidad.

Venía de una buena familia cristiana, lo cual me daba cierto consuelo. Pero yo había imaginado algo muy distinto para mi hija.

En ese momento comprendí, por primera vez, cómo debió sentirse mi madre cuando empecé a salir con Río, a quien ella consideraba irresponsable e imprudente.

Tania era una muchacha inteligente y responsable.

Pero también había heredado la obstinación de su padre.

Cuando, apenas unos meses después de empezar a salir, me dijeron que querían casarse, sentí que la paciencia se me agotaba.

—¿Cómo que quieren casarse? —le pregunté, tratando de mantener la voz baja para que Río, que estaba en el patio trasero, no nos oyera.

Estábamos en la sala.

Tania y Phil estaban sentados en el sofá, tomados de la mano. Yo estaba frente a ellos, en una silla.

—Ustedes son prácticamente dos niños —continué—. Phil, trabajas sólo unas pocas horas al día. Y tú también, Tania. ¿Cómo piensan mantenerse?

Phil se enderezó un poco.

Capítulo 10 - Complicaciones

—Haré lo que tenga que hacer —dijo—. Trabajaré más horas o buscaré otro empleo.

—¿Y la educación de Tania? —pregunté, con las manos en la cintura.

Ella cruzó los brazos.

—¡No somos niños, mamá! ¿Por qué siempre nos tratas como si lo fuéramos?

—¡Porque aún lo son! —respondí, perdiendo la paciencia.

Me levanté y le pedí que se acercara.

—El día que tengas una educación universitaria y un trabajo decente, el día en que me hagas sentir orgullosa de haber sacrificado mi vida por tu futuro... ¡ese día dejarás de ser una niña en mis ojos!

Tania dio un paso atrás.

Sus ojos se llenaron de furia.

—Tú crees que lo sabes todo —dijo—. Que tienes todas las respuestas. Pero no me conoces, mamá. ¡Nunca me has conocido!

Sus palabras me golpearon más fuerte que un puñetazo.

—No puedo esperar el día en que me vaya de esta casa —continuó—. Phil, deja de perder tu tiempo. Esta conversación terminó.

—¡Tania! —dije con severidad—. No voy a permitir que me hables así. Soy tu madre.

La señalé con el dedo.

—Discúlpate ahora mismo si no quieres que suspenda las visitas de Phil durante una semana entera. ¿Me entiendes?

Ella golpeó el suelo con el pie, furiosa.

Miró a Phil.

Phil le hizo un pequeño gesto con la cabeza.

Tania levantó los brazos con frustración.

Capítulo 10 - Complicaciones

—Discúlpame, mamá... por querer controlar mi propia vida.

—Phil, es mejor que te vayas —dije—. Tania necesita pensar en lo que acaba de pasar.

Phil se despidió nerviosamente con un beso en la mejilla de mi hija. Tania no respondió y miraba el suelo.

Cuando Phil salió por la puerta, Tania se volvió hacia mí con una mirada cargada de resentimiento. Luego se dirigió hacia su cuarto.

Un segundo después escuché el portazo. La seguí por el pasillo.

—¡Si rompes la puerta, la vas a pagar! —le grité.

No respondió, pero la escuché llorar. Entonces supe que aquello no iba a terminar allí.

***

Río estaba en el cuarto del fondo, cortando un pedazo de madera, cuando lo encontré.

—Tenemos que hablar.

Dejó la herramienta y levantó la cabeza.

—¿Está todo bien?

Negué con la cabeza.

—No. Tenemos un problema. Tania quiere casarse con Phil.

—¿Ella qué? —dijo, frunciendo el ceño.

—No tomé la noticia en serio —continué—, pero conozco a Tania. Me temo que esto no va a terminar aquí.

—Hablaré con él —dijo—. ¿Quién carajo se cree que es?

Su voz se volvió dura.

—¿Y por qué no habló conmigo?

Capítulo 10 - Complicaciones

—Quería hacerlo —le expliqué—. Pero Tania no lo dejó. Sabía lo que ibas a decir.

Guardé silencio un momento.

—Pensaron que tal vez conmigo sería diferente.

Río resopló.

—Tal vez deberías seguir el autobús de Tania antes de ir al trabajo —le sugerí—. Sin que ella lo note.

Río me miró con incredulidad.

—¿Qué papel crees que pinto aquí? —dijo—. ¡Si ese Phil pone un dedo sobre mi hija, lo mato! ¡Te lo juro!

Respiré profundamente.

—Deja de hablar así. No vas a matar a nadie. Tania quiere a ese muchacho y él a ella. Tenemos que manejar esto con tacto.

Río no respondió. Su rostro mostraba una mezcla de ira y preocupación.

A la mañana siguiente empezó a seguir el autobús de Tania antes de ir al trabajo. Durante dos días ella no me habló, pero luego pareció haber superado el enojo... o al menos eso creí.

***

Unos días después, mientras colocaba un paquete de frijoles negros en la olla de presión, sonó el teléfono. Río ya se había ido a trabajar. Levanté el auricular. Era su jefe.

—¿Está todo bien? —pregunté.

Hubo una pausa.

—Río tuvo un accidente.

Sentí que el corazón se me detenía.

—¡Dios mío! ¿Qué pasó?

—Lo llevaron en ambulancia al Tampa General.

El mundo pareció girar a mi alrededor.

—¿Pero qué ocurrió?

—Una paleta de vidrio cayó sobre su espalda.

Tragué en seco.

—¿Cree que va a estar bien?

—Voy a salir de la compañía en unos minutos y pasaré a recogerla.

Hizo una pausa.

—No se preocupe.

Pero su voz no sonaba del todo convencida.

***

Cuando entré a la sala de emergencias y vi a Río en aquella cama, con el torso vendado y un suero conectado a su brazo, sentí un nudo en la garganta.

Sus ojos estaban cerrados.

Pero al escuchar mis pasos los abrió.

—Estás aquí —dijo, sorprendido—. ¿Cómo te enteraste?

—Tu jefe me llamó. Tania también vino conmigo.

Asintió lentamente.

—¿Tienes dolor? —le pregunté.

—Las enfermeras me están dando medicamentos.

Intentó sonreír.

—He estado peor.

En ese momento Tania se acercó con cuidado a la cama.

—¿Estás bien, papá?

Río tomó su mano.

—Lo estaré.

Los ojos de Tania se llenaron de lágrimas mientras acariciaba el brazo de su padre. Luego apoyó la cabeza suavemente sobre la de él.

—Lo siento, papá —susurró.

Capítulo 11 - Adiós

Ese día, cuando mi madre llegó del trabajo, notó un sobre sobre la mesa del comedor.

— ¡Tu tía está en Costa Rica! —anunció, abriendo frenéticamente la carta y corriendo hacia su dormitorio.

La seguí y me senté en la cama, a su lado, mientras ella empezaba a leer. Era una carta breve, de una sola página. Con los ojos humedecidos, se cubrió la boca mientras leía. Cuando terminó, dejó caer el papel sobre la cama, me abrazó y me dijo:

— ¡Al fin!

— ¿Están bien? —le pregunté.

—Toma, léela tu misma—dijo ella, con voz entrecortada.

Comencé a leer.

Querida hermana,

Casi dos años después de que ustedes se fueran, finalmente hemos podido salir de Cuba. La pesadilla ha terminado. Yo quería sorprenderte, pensando que mi estancia aquí sería corta, pero tengo que quedarme en Costa Rica más tiempo de lo que había planificado. Las cosas son difíciles aquí. Vivimos en un pequeño aparta-

mento. No hemos podido conseguir trabajo, pero estamos juntos y eso es lo que cuenta.

Uno de los familiares de mi esposo nos está ayudando con los gastos hasta que los documentos de inmigración estén completos y podamos viajar a los Estados Unidos. Espero verte pronto. Estoy ansiosa por abrazarlos, a ti y a los niños, nuevamente. Los extraños mucho.

Con mucho amor, tu hermana, Berta.

Mi madre ahora lloraba, en su manera dramática que había hecho que mi tía afirmara, cuando vivíamos en Cuba, que mamá vivía en otro universo. Era cierto que mi madre no compartía el pragmatismo de mi tía, pero mamá tenía una belleza interior que no pude reconocer hasta mucho tiempo después.

— ¡No puedo creerlo! ¡Estoy tan feliz! — dijo, secándose las lágrimas.

Le sonreí y le di un golpecito en la espalda y ella me abrazó de nuevo.

Un mes más tarde, tía Berta llamó a mi madre. El día de su viaje a Miami ya estaba programado. Para entonces, mi padre había reemplazado su pequeño automóvil por un Cadillac usado, lo que le permitió llevarnos a todos a Miami, incluido Phil, para dar la bienvenida a mi tía y a su familia. Mi abuela, como siempre, se negó a ir.

Mi madre apenas podía contenerse durante el viaje.

—Mi hermanita querida. ¡Al fin! Gracias, Dios mío —decía ella, mientras mi padre manejaba por la carretera I—75 en camino a Miami.

Mi padre sonrió al principio, pero después de un rato sacó un cigarrillo y empezó a fumar. Parecía nervioso. Me pregunté si estaba así por la llegada de la tía Berta, o por alguna razón que lo llevó a irse de Miami.

—Rio, ¿puedes abrir la ventana un poco? —dijo mi madre.

Mi padre la abrió. Después de tres o cuatro bocados, cerró la ventana y apagó el cigarrillo. Sin embargo, comenzó a rascarse la mano repetidamente, como hacía cuando estaba nervioso.

Phil y yo nos tomamos de mano la mayor parte del viaje, algo que podíamos hacer en presencia de mi padre. Cualquier otra cosa, él consideraba irrespetuoso. Durante el viaje, conversamos sobre cosas banales. Phil habló de los eventos en los que tocaba su música, de las grandes mezclas musicales que podía hacer y de las reacciones de los bailadores ante la música que interpretaba. Noté cómo mi padre rodaba los ojos hacia arriba y sacudía la cabeza, pero, afortunadamente, Phil no lo veía.

Phil me dijo que había pedido más horas en el supermercado donde trabajaba para ahorrar más dinero. Mi padre lo observaba de vez en cuando a través del espejo retrovisor, mientras yo miraba a mi padre.

Cuando llegamos a Miami, papá nos llevó a una pizzería popular llamada «El Rey de la Pizza» y nos ordenó una pizza mediana con chorizo y un guarapo refrescante para cada uno.

Esta comida no era nuestro almuerzo; fue sólo un aperitivo mientras esperábamos a que mi tía llegara. El olor a queso fundido y la salsa de tomate fresco hicieron que mi estómago gruñera, mientras esperábamos ansiosamente.

—Esta es la verdadera pizza cubana —dijo papá—. ¡No hay nada mejor!

La llegada de la comida validó sus palabras. Nunca había comido una pizza tan crujiente y sabrosa como aquella, ni siquiera en la Pizzería Sorrento, mi favorita en La Habana. Mi padre miró con orgullo alrededor de la mesa, mientras comíamos y alabábamos la pizza. Luego miró a mi madre, le dio una palmadita en el brazo y sonrió.

Antes de que saliéramos del restaurante para continuar nuestro viaje, mi padre le dio a la camarera una propina que la hizo muy feliz, pero que hizo que mi madre sacudiera la cabeza.

Más tarde, cuando nuestro automóvil se acercaba al Aeropuerto Internacional de Miami, mi madre empezó a llorar.

—No puedo creer que vuelva a ver a mi hermana después de tanto tiempo—dijo ella.

—Laura —respondió mi padre—. Necesitas calmarte. Sabes que la presión te sube cuando te alteras. Lo importante es que ya casi está aquí. Respira profundo.

Mientras se concentraba en el camino, mi padre acarició el hombro de mi madre. Ella asintió con la cabeza, se secó el rostro y respiró profundamente.

Luego, cada vez que un grupo de personas salía de un avión y entraba al aeropuerto, Mamá observaba cada rostro con ansiedad. De repente, sus ojos se fijaron hacia un solo lugar.

— ¿Berta? —gritó mi madre y empezó a agitar su mano—. ¡Berta! ¡Estoy aquí! Dios mío, no puedo creerlo. ¡Mi hermanita!

Mi tía, nerviosamente, miró hacia donde provenía la voz y, cuando sus ojos se encontraron, ambas hermanas corrieron una hacia la otra y se abrazaron.

—Mi hermana. ¡No puedo creer que estés aquí! —dijo mi madre, mientras su voz se quebraba.

Mi tía no respondió, pero la forma en que sostuvo la mirada de mi madre, con su rostro enrojecido, sus ojos húmedos... y el largo y sincero abrazo que le dio a su hermana, lo dijeron todo y produjeron emociones en quienes las rodeaban. La felicidad brotaba de ellas, como el agua de un manantial. El amor que sentían una por la otra era contagioso, provocando sonrisas mezcladas con lágrimasen los testigos de su encuentro.

La tía Berta y el tío Antonio se veían más delgados y mayores de lo que yo los recordaba y sus dos niñas, ahora de seis y ocho años, habían crecido tanto. Mi tía y mi tío vestían pantalones negros y pulóveres azules, y las niñas, unos vestidos de color rosa.

Tímidamente miré a mi tío sin saber qué hacer. Él había sido el único padre que había conocido cuando vivía en Cuba, pero nunca nos demostramos afecto. Al igual que mi padre verdadero, mi tío ocultaba sus emociones. Sin embargo, no necesitaba que me dijera nada para revelar lo que tenía en el corazón. La forma en que me ayudó con las tareas y los temas complejos cuando vivíamos en Cuba, las veces que se sentó conmigo para jugar a medida que yo iba creciendo, y las lágrimas sinceras que escaparon de sus ojos cuando nos vio por primera vez en el aeropuerto de Miami me dieron a entender lo que sentía. Me acerqué al tío Antonio y abracé su cuerpo alto y flaco.

— ¡Eh, Tania! —dijo, torpemente, como si me hubiera visto el día anterior y en lugar de abrazarme, me dio una palmada en la espalda.

Sonreí.

—Me alegra verte, tío Antonio.

Momentos después, mientras saludaba a tía Berta, me di cuenta de que Phil no estaba a mi lado, sino que se había quedado unos cuantos pasos atrás. Le dije que se acercara y obedeció tímidamente:

—Tía Berta —dije en español—. Este es mi novio, Phil.

Capítulo 11 - Adiós

Ella miró a Phil y sus cejas se le alzaron.

— ¿Novio?

Mi tía rodó los ojos hacia arriba y sacudió la cabeza:

—Estos muchachos quieren crecer demasiado rápido —dijo ella—. Ven aquí, Phil. Dale un abrazo a la tía Berta.

Phil sonrió con timidez y le dio un cuidadoso abrazo.

— ¡Mira lo grande que están las niñas! —dijo mi tía después de que abrazó a Phil—. ¡Y todos ustedes han subido de peso desde que se fueron! Especialmente tú, Tania.

— ¡Antonio! ¡Antonio! —gritó una voz femenina.

Todos miramos en la dirección de donde provenía la voz y vimos a tres o cuatro personas acercándose a nosotros, todas con sonrisas en los rostros. Mi tío Antonio vio a su hermana entre el grupo y corrió hacia ella. Otro encuentro emocional. Ella se había ido de Cuba en los años sesenta y ahora se reunían de nuevo, más de veinte años después.

Luego de pasar un tiempo en el aeropuerto, todos nos fuimos a comer a Versailles, un restaurante popular en Miami. La familia de Antonio insistió en pagar por todos.

Fue una deliciosa comida de frijoles negros, arroz, picadillo, plátanos y sonrisas. Durante nuestra celebración, nos enteramos de que mi tía y su familia se quedarían en Miami. La familia de Antonio había alquilado una casa que acomodaba a la pareja y a sus hijas. Me decepcionó un poco que no vinieran a Tampa con nosotros, pero mi madre nos explicó más tarde que la familia de mi tío había estado en los Estados Unidos mucho más tiempo que nosotros, por lo que estaban en mejor posición de ayudarlos.

Capítulo 11 - Adiós

Esa noche, después que nos despedimos de tía Berta y tío Antonio, nos fuimos de regreso a Tampa. Mientras mi padre conducía, en el silencio inusual de mi madre, noté como ya extrañaba a su hermana.

***

Dos días después de la llegada de mi tía, mi abuela me pidió que me sentara con ella bajo el roble.

—Anoche traté de matarme —me dijo.

— ¡Abuela! Eso no me da gracia —dije, llevando una mano al pecho—. No deberías hablar así.

— ¿Ves esta marca? —dijo, señalando su brazo—. Traté de cortarme el brazo, pero el cuchillo no tenía filo.

—Por favor, no digas estas cosas. Me estás asustando. Nuestro sacerdote dijo que las personas que hacen eso irán al infierno.

— ¡Ah! ¿Qué sabe el sacerdote sobre el cielo y el infierno? —me preguntó mi abuela—. Pero bueno, necesito que me hagas un favor.

— ¿Qué quieres?

— ¿Recuerdas que hace mucho tiempo te pedí que me escribieras un poema?

—Lo recuerdo —dije.

—Te diré cómo me siento para que puedas escribirlo. Es hora.

— ¿Qué quieres decir?

— No te preocupes por mí. Escucha.

La escuché atentamente.

—Le echo de menos a mi hermana —dijo ella, agarrando mis manos entre las suyas—. Extraño a su familia y a mi pequeño hogar, donde, aunque no tuviera mucho, tenía mi dignidad y controlaba mi vida. Aquí, bajo el techo de otro, bajo las reglas de otro, me siento invisible. A nadie le importa lo que digo. Siempre soy la intrusa. ¡Y mírame!

Ella tocó sus brazos y su cara mientras su expresión se transformaba en una de disgusto.

— ¿Qué quieres decir? —le pregunté.

—Yo era una mujer hermosa y vibrante. Una mujer que, después de ser viuda a una edad temprana y perder a su primer hijo y a su esposo, logró recoger los pedazos de su vida y construir un negocio, cuando no era común que las mujeres compraran y alquilaran apartamentos. Eso era algo que sólo los hombres hacían entonces. ¿Dónde está esa mujer ahora? ¿Y dónde está el hombre al que amé durante tantos años? Rio no entiende que cuando me sacó de Cuba, me partió el corazón en dos.

Sus ojos brillaban con lágrimas. La abracé.

—No estés triste, abuela. Tú tienes a tu hijo y a tus nietos aquí.

Sacudió la cabeza.

—Soy como un mueble viejo e inútil guardado en un cuarto oscuro. Así es como me siento. Necesito que escribas sobre eso. Es importante para mí.

—Te lo prometo —le dije.

Al día siguiente, nos volvimos a encontrar y le leí su triste poema. Leyó las páginas en voz baja y cuando terminó, levantó la cabeza lentamente y nuestros ojos se encontraron. Nunca olvidé la intensidad de esa mirada.

—Gracias —dijo y me abrazó—. Ahora que todo el mundo sabrá cómo me siento, puedo morir en paz.

— ¿Qué quieres decir? —le pregunté.

Ella sonrió.

—No te preocupes por mí. Soy vieja y los viejos dicen cosas tontas. Enfócate en tu escuela y hazme orgullosa de ti. Y una cosa más, nunca olvides cuánto te amo.

No fue hasta el día siguiente que entendí sus palabras. Mi padre y yo acabábamos de regresar del supermercado, cuando notamos a mi hermana delante de la casa. Parecía alarmada.

— ¡Papá, date prisa! Algo está mal —dijo ella, agitando la mano en su dirección repetidas veces, como si estuviera dirigiendo el tráfico.

— ¿Qué pasa? —preguntó mi padre.

Salimos del automóvil rápidamente y corrimos hacia mi hermana. Ella puso la mano en su pecho y respiró con dificultad.

— ¡Es abuela, papá! —exclamó y empezó a llorar.

—Pero dime ¿qué pasó? —preguntó mi padre.

—Oí un ruido como el de uno de los fuegos artificiales. Comencé a llamarla y no responde. Creo que hizo algo. Busqué en todos lados, excepto en el baño. La puerta está cerrada y tengo miedo abrirla.

Un escalofrío recorrió mi cuerpo, mientras recordaba mi conversación con mi abuela.

—Papá, quédate aquí. Yo voy a entrar —le dije.

No sé por qué mi padre no insistió en que fuera él quien entrara al baño, pero la desesperación en sus ojos reflejaba su preocupación. Temblé cuando entré en la casa. Todo estaba extrañamente silencioso.

—Abuela. Soy yo, Tania. ¿Estás bien?

No hubo respuesta. Toqué a la puerta del baño. Pero no me contestó. Entré en su dormitorio donde noté su cama bien hecha, su sobrecama de pequeñas flores rosadas, sin arrugas. Las persianas estaban abiertas y el sol de la mañana entraba por la ventana. Regresé al pasillo frente al baño y me paré de cara a la puerta. La abrí lentamente, escuchando el ruido chirriante de las bisagras. Llevé mi mano a mi boca cuando vi sus piernas y luego el resto de su cuerpo descansando en un charco de sangre. Vi una pistola a su lado, con la mano sobre su pecho. Mi cuerpo tembló y mis ojos se llenaron de lágrimas.

— ¿Por qué abuela? ¿Por qué? —pregunté, mientras mi voz se quebraba—. ¿Puedes oírme?

Pero no respondió. Tuve miedo de tocarla y me quedé congelada donde estaba, incrédula ante lo que presenciaba. Momentos después, traté de componerme y salí, insegura de cómo darle la noticia a mi padre. Él caminaba en mi dirección cuando salí del baño.

Respiré hondo:

—No entres ahí, papá —le dije, sacudiendo la cabeza y temblando—. No debes verla así.

— ¿Qué pasó?

— ¡Se dio un tiro, papá! —le dije, tratando de contener las lágrimas—. No responde. Hay sangre por todas partes. Por favor siéntate. Llamaré al 911.

Por un momento, mi padre se quedó inmóvil, transfigurado por el asombro y el dolor. Entonces, sus ojos de color ámbar se volvieron vidriosos y sus labios temblaron. Él giró hacia el otro lado y pude oír su respiración desigual, sus jadeos. Traté de mantener mi control. No quería que me viera llorar.

— ¿Operadora? —dije en un inglés con acento.

—Tenemos una emergencia. Es mi abuela. Se dio un tiro. Vivimos en la calle LaSalle. ¡Por favor, apúrese!

Estaba demasiado nerviosa para pensar. Me preguntó por nuestra dirección completa, pero me costó recordarla. Finalmente, dejé escapar el número. Me hizo otras preguntas que no podía descifrar, porque para entonces ya no estaba activamente interesada en lo que me decía, pero estupefacta, recreando en mi mente lo que acababa de ver.

—Por favor, dé prisa —dije y colgué.

Capítulo 11 - Adiós

Mi padre tropezó y cayó en el sofá. Levantó los brazos y entrelazó los dedos tras su cuello. Mi hermana se sentó a su lado, sollozando y lo abrazó:

—Ya vienen, papá —dije sombríamente, pero no podía estar cerca de mi padre ni decir nada más. Di la vuelta y me dirigí al patio. Me senté en una de las sillas bajo el roble, donde mi abuela y yo habíamos conversado sobre Cuba y la vida que habíamos dejado atrás, y comencé a llorar incontrolablemente.

Todas las conversaciones con mi abuela habían llevado a esto. No sabía cuánto tiempo estuve sentada bajo el roble. Cuando miré hacia el suelo, noté que mi perrito Danny estaba acostado a mis pies.

Oí llegar la ambulancia, pero no podía moverme. Era como si mis piernas fueran de plomo. Después de un rato, miré hacia el frente de la casa y, más allá de la cerca, vi a los paramédicos alejándose con mi abuela. Su cuerpo, cubierto con una sábana, descansaba sobre una camilla. Esperaba que tal vez hubieran encontrado su pulso. No sabía si tenía la cabeza cubierta, pero algo me dijo que no volvería. Danny corrió hacia la cerca cuando vio la camilla y les ladró a los hombres. Cuando el cuerpo de mi abuela desapareció en la ambulancia, Danny permaneció en silencio, observando a los paramédicos. Después que se fueron, Danny regresó a mi lado y se sentó en silencio a mis pies.

En esa camilla se fueron la historia de mi abuela y de mis bisabuelos, mis lazos con Cuba y nuestras tradiciones.

No teníamos dinero para el funeral. Llamamos a nuestros familiares, pero no muchos pudieron ayudar y hicimos lo mejor que pudimos con el poco dinero que teníamos. Mi abuela tuvo un servicio corto e íntimo al que asistieron un pequeño grupo de amigos. La cremación era más barata que un entierro, pero la idea de hacerlo nos horrorizó.

Un ramo de rosas cubría su ataúd. Lo compramos en una florería cercana, nada exagerado. La familia de Phil y nuestros amigos portorriqueños también enviaron flores. Mi abuela fue enterrada en el cementerio más barato de Tampa, un lugar que ninguno de nosotros querría visitar por nuestra cuenta.

Phil y su familia nos acompañaron a la funeraria y al cementerio.

Más tarde, llamamos a sus hermanas en Cuba. Mi padre no podía hablar con sus tías sin derrumbarse y mamá tuvo que darles la noticia. Podíamos oír los gritos desde el comedor donde estábamos sentados, con los ojos llenos de lágrimas.

Mi hermano se negó a dormir esa noche en el dormitorio de mi abuela y mi hermana y yo teníamos miedo de estar solas en nuestra habitación, pensando que su espíritu todavía vagaba por la casa.

Durante los dos días siguientes, todos dormimos en la habitación de mis padres. La primera noche después de su entierro, oímos un golpe en la puerta. ¡Todos lo escuchamos! Mi padre corrió afuera y revisó toda la casa. No había nadie. Mi madre creía que el espíritu de mi abuela no descansaba, ya que había muerto de forma tan violenta. A pesar de las protestas de mi padre, mi madre colocó un vaso lleno de agua sobre el refrigerador y oró para que su alma descansara en paz. Nunca más escuchamos golpes en la puerta.

Capítulo 12 – Las consecuencias

Río apenas hablaba con nadie después de la muerte de su madre. Fumaba casi un paquete de cigarros al día y bebía más que antes. De noche, permanecía a mi lado en silencio, mirando al techo, absorto en sus pensamientos.

—Te amo—, le decía.

—Y yo a ti— respondía mecánicamente, mientras su mente parecía lejana. Yo no sabía qué hacer. Un sábado por la noche, mientras mirábamos la televisión con los niños, sonó el teléfono. Tania se apresuró hacia él pensando que era Phil, pero momentos más tarde regresó a la sala y anunció:

—Es una llamada para papá.

Rio sacudió la mano con desdén.

—Probablemente es un vendedor. ¿Puedes ver lo que quiere, mi amor? —dijo, mirándome y acariciándome el pelo.

Me levanté, caminé hacia el comedor y levanté el auricular:

—Hola —dije.

—Hola. ¿Eres Laura, la esposa de Rio? —preguntó una voz femenina, en español.

—Sí. ¿La conozco?

Capítulo 12 – Las consecuencias

—No, pero siento que yo a ti, sí. Rio me ha hablado tanto de ti a lo largo de los años.

—Lo siento— le dije—. No sé quién es usted, ni cómo conoce a mi esposo. ¿Quién le dio este número?

—Puedo sentir la aprensión en tu voz, pero no te preocupes —dijo—. Rio me aseguró que en el momento en que su familia llegara a los Estados Unidos, nunca nos volveríamos a ver. Sólo quería ver cómo estaba. Berta, tu hermana, me dio este número cuando fui de visita a Cuba hace más de un año, pero no estaba preparada para llamarlo.

— ¿Entonces, usted y mi esposo...? — le pregunté.

Respiró hondo.

—Éramos muy buenos amigos y el pasado quedó en el pasado. No tienes nada de qué preocuparte. Es cierto que yo amaba mucho a tu esposo. Aún lo amo. Él es el hombre más increíble que he conocido, pero siempre me dijo lo importantes que sus hijos y su esposa eran para él, y lo entendí muy claramente. Eres una mujer muy afortunada.

Permanecí en silencio, sin saber qué decir.

—Escucha. No quiero molestarte más. Dile que Aurora llamó para saber cómo estaba. Algo me dijo que no estaba bien.

—Su madre acaba de fallecer —le dije, sólo para arrepentirme luego de que aquellas palabras salieran de mi boca como un relámpago.

— ¡Oh no! Lo siento mucho. Por favor, dale el pésame de mi parte. Sólo puedo imaginarme lo triste que estará.

Hizo una pausa, mientras yo me atormentaba, imaginándome a aquella mujer con mi esposo.

—Mira, no tomaré más de tu tiempo. Espero que tú y Rio tengan una vida feliz.

Capítulo 12 – Las consecuencias

Después que colgué, no estaba segura de cómo reaccionar. Tantos pensamientos se precipitaron por mi mente y me sentí vulnerable. Sin contar con suficiente tiempo para pensar en cómo manejar la situación, regresé a la sala y me senté junto a Río en silencio.

— ¿Quién era? —preguntó, con los ojos fijos en la televisión.

—Sabes exactamente quién fue —dije, con una expresión seria.

— ¿A quién te refieres? —me preguntó con voz monótona, mientras sus ojos permanecían fijos en la televisión.

—A Aurora —respondí, observando su reacción.

— ¿Cómo consiguió este número? —me preguntó, girando la cabeza en mi dirección.

—Fue a Cuba hace un año y se lo pidió a mi hermana —le dije y mirándole a los ojos, añadí:

— ¿Es esta la razón por la que has estado tan callado y distante todos estos días?

Sacudió su cabeza.

—No, no es por eso—dijo—. Vamos a nuestro cuarto para hablar allí.

Caminamos callados hacia nuestro dormitorio, cerramos la puerta y nos sentamos en la cama. Me sentía triste y traicionada, sentimientos que se reflejaban en mi expresión.

— ¿Te acostaste con esta mujer? —le pregunté, sabiendo la respuesta.

Rio respiró profundamente y tomó mis manos.

—No quiero hacerte daño al responder a esa pregunta.

— ¿Todavía la ves?

—Estás equivocada —dijo.

— ¿Lo estoy? Me parece mentira. Yo tan preocupada por ti, luego de la pérdida de tu madre. Me preguntaba cómo ayudarte a salir del vacío que había dejado, pero no encontraba respuesta. Sin embargo, durante todo este tiempo no era tu madre quien te tenía así, sino otra mujer.

Sacudí la cabeza.

—Mi comportamiento no tiene nada que ver con esa mujer —dijo. No la he visto desde hace mucho tiempo. Le dejé claro que, después de que mi esposa y mis hijos vinieran, mi vida anterior terminaría. Sólo mi familia importaba. He sido fiel a esa promesa.

Mis ojos se llenaron de lágrimas.

—Durante doce años te esperé. Nunca hubo nadie más en mi vida —le dije.

Rio hizo un gesto negativo con la cabeza.

—Hemos tenido esta conversación antes. Estaba solo en un país extraño, mientras tú tenías a nuestros hijos y a tu familia. Me sentía miserable sin nadie a mi lado y sin la posibilidad de que vinieras.

— ¿Entonces por qué estás tan distante?

Frotó sus sienes con los dedos.

—Preferiría no hablar de eso— dijo él, evadiendo la mirada.

— ¡Necesito que me lo digas, Rio, ¡especialmente ahora! —le pedí.

Permaneció en silencio por un momento. Finalmente, respiró profundo y exhaló.

—Bien—dijo—. Tienes razón. No estoy acostumbrado a decirles a otros lo que pienso, ya no. Tengo que acostumbrarme a ser tu esposo de nuevo. Así que te diré lo que me ha mantenido callado durante todos estos días. Desde que mi madre me dejó en el orfelinato, cuando yo tenía nueve años, después de que mi padre y mi hermano murieran y especialmente después de que ella se negó a sacarme de ese maldito lugar, he estado enojado. Dejé de quererla. Cuando se quitó la vida, me sentí culpable. Si yo hubiera sido un hombre y no hubiera dejado que mis sentimientos estúpidos se interpusieran en el camino... ¡Ella era mi madre, coño! ¿Qué clase de persona es la que no quiere a su madre? Sentí entonces que no merecía tener una familia como la que tengo.

Sus labios temblaban mientras me miraba con ojos brumosos.

—Oh, Rio, mi amor. Te mereces a tu familia y mucho más. No eres perfecto ni yo tampoco, pero ¿quién habría esperado casi doce años por su familia? Sólo tú, Rio. Yo sabía que, independientemente de lo que dijiste sobre tu mamá, tenías un lugar especial para ella en tu corazón.

Rio sacudió la cabeza.

—No te merezco, Laura. Nunca te he merecido.

—Claro que sí. Eres el amor de mi vida. Siempre lo has sido —le dije, acariciándole el rostro.

Me abrazó y me besó.

—Le echo de menos, Laura —me dijo con voz entrecortada.

—Lo sé, mi amor. Lo sé.

Capítulo 13 - Embarazada

Durante meses, Phil me había insistido en que considerara llevar nuestra relación a otro nivel.

—Un hombre tiene necesidades —me decía.

—Pues satisface las tuyas con otra, no conmigo —le respondía cada vez que sacaba el tema.

Quizá yo fuera la única virgen en mi último año de secundaria, pero así me había criado mi madre. Y Phil, para su crédito, respetó mi decisión sin presionarme.

Después de que ambos nos graduamos y empezamos a pasar más tiempo juntos entre nuestras clases en la universidad, me di cuenta de que esperar sería cada vez más difícil.

Nos amábamos. De eso no había duda.

Nunca había podido hablar con nadie como con él. Podíamos pasar horas al teléfono y, antes de despedirnos por la noche, siempre terminábamos en la misma pequeña competencia.

—Te amo —le decía.

—No, yo te amo más —respondía Phil.

Y así seguíamos hasta que mi padre, cansado de levantarse una y otra vez para comprobar si ya me había ido a dormir, me pedía que colgara de una vez aquel condenado teléfono.

Capítulo 13 - Embarazada

Phil era inteligente, introspectivo y amable. La dulzura con que me trataba me hacía sentir profundamente querida. Mis padres no querían ni oír hablar de que nos casáramos, pero Phil y yo deseábamos, más que nada, estar juntos para siempre.

Yo escribía muchos poemas sobre él y se los leía cuando venía a verme.

Nuestra relación tenía algo de otra época, algo que ya casi no se veía en los años ochenta. Pero aquello no podía durar para siempre.

Cuando finalmente hicimos el amor, después de que yo cumplí dieciocho años, sentimos que el mundo entero se reducía a nosotros dos. No queríamos separarnos.

Y, sin embargo, me sentía terriblemente culpable.

¿Cómo iba a volver a mirar a mi madre a los ojos, después de que me había pedido tantas veces que esperara hasta el día de mi boda?

Un par de semanas después de aquella primera vez, no me vino el período. Al principio pensé que era el estrés. Esperé unos días más. Luego empecé a notar cambios en mi cuerpo.

—Hay un lugar en la universidad que hace pruebas de embarazo gratis —propuso Phil—. Vamos primero allí, para estar seguros.

Poco después estábamos sentados en la sala de espera de una clínica cerca de la Universidad del Sur de la Florida.

Tenía las manos frías y húmedas. La ansiedad me oprimía el pecho. Finalmente, una enfermera se acercó a nosotros.

Sus palabras me dejaron sin aliento.

—Estás embarazada.

Capítulo 13 - Embarazada

Miré a Phil a través de los gruesos espejuelos que llevaba en 1983. Sus ojos negros parecían inmóviles. No dijo una palabra. La enfermera nos observó con esa expresión de quien ha presenciado esa escena demasiadas veces.

—Tienen opciones —dijo con calma.

¿Opciones?

La primera imagen que me vino a la mente fue el rostro de mi padre.

La enfermera empezó a explicarnos en qué consistía un aborto. Lo que decía me horrorizaba, pero enfrentarme a mi padre me aterraba aún más. Entonces ocurrió algo que no esperaba. Apoyé la mano sobre el vientre y sentí que algo se despertaba dentro de mí, algo profundo, instintivo.

—¿Un aborto? —dije—. No. Nunca podría matar a mi propio hijo. No podría.

Miré a Phil con los ojos llenos de lágrimas.

—Dios mío... mi padre me va a matar cuando se entere. Vámonos. Por favor.

Lo agarré del brazo y salimos de la clínica, dejando a la enfermera con los papeles en la mano.

Afuera, Phil vio una cabina telefónica.

—Tengo que hablar con mi madre —dijo.

Mientras él caminaba hacia el teléfono, sentí que el mundo se me venía encima.

—Dios mío —murmuré—. ¿Qué he hecho? ¿Cómo voy a decirle esto a mi papá? Nos va a matar a los dos.

Phil se pasó las manos por el cabello.

Sabía que mi padre llevaba su pistola calibre .45 a todas partes. La forma en que vigilaba el entorno cuando salíamos hacía que Phil pensara que estaba loco.

Capítulo 13 - Embarazada

—Tengo que hablar con mi madre —repitió.

Me quedé a unos metros de él, acariciándome el vientre mientras lloraba.

Marcó el número.

—Mamá... tenemos un problema —dijo con voz temblorosa—. Tania está embarazada.

No alcanzaba a oír lo que respondían del otro lado, pero el rostro de Phil lo decía todo. La conversación duró varios minutos. Al final, me tendió el auricular.

—Quiere hablar contigo.

La voz de su madre era suave, tranquilizadora.

—Pueden venir a vivir con nosotros por un tiempo —me dijo—. Donde comen dos, comen tres o cuatro. No somos ricos, pero compartiremos lo que tenemos contigo y con el bebé.

Sus palabras me conmovieron profundamente.

Pero en mi mente seguía resonando la voz de mi padre.

Si alguien se atreve a meterse con mi familia... tendrá que vérselas conmigo.

Le devolví el teléfono a Phil. Después de eso solo lo oí decir:

—Está bien... está bien.

Cuando colgó, nos quedamos mirándonos en silencio.

—Nunca podría abortar —le dije—. Lo siento.

Me abrazó.

—No te preocupes. Haré lo que tenga que hacer.

Me abrió la puerta de su viejo Plymouth Duster del 74 y me llevó de vuelta a la universidad.

Estuve en clases todo el día, pero no pude concentrarme en nada. Más tarde, cuando mi padre pasó a recogerme, apenas podía hablar.

Capítulo 13 - Embarazada

—¿Tuviste un buen día? —preguntó, sonriente.

—Sí —respondí, mirando el tablero del carro.

—Tengo una sorpresa cuando lleguemos a casa —dijo—. Hice mi pizza especial. Me llevó horas.

—Gracias, papá.

Sentí una punzada de culpa. Mi padre hacía todo lo posible por compensar los años que había estado lejos de nosotros. Y ahora yo estaba a punto de romperle el corazón.

Esa noche se lo conté todo a mi hermana Lynette.

Cuando terminé, abrió los ojos y se tapó la boca con la mano.

—¡Papá te va a matar!

Respiré hondo.

—Tengo dieciocho años —dije—. Ya le dije a mamá que queremos casarnos.

—No creo que le importe si tienes dieciocho o treinta —respondió—. Igual te va a matar.

Nos preparamos para acostarnos.

—¿Puedo ver tu vientre? —preguntó.

Me levanté un poco el camisón y ella observó la pequeña protuberancia.

—¡Dios mío! ¡Estás súper embarazada!

Después apoyó la mano sobre mi vientre.

—Hola, bebé. Soy tu tía Lynette. Tu mamá se ha metido en un lío tremendo.

—Tengo miedo —le confesé.

—Yo también —dijo, abrazándome.

Encendió la radio y se puso a bailar salsa mientras yo sacaba mi diario de la mochila. Escribir siempre me ayudaba a serenarme.

La música llenó el cuarto y Lynette bailaba con esa ligereza suya, que tanto contrastaba conmigo.

Capítulo 13 - Embarazada

Siempre decía que quería tener su inteligencia, pero en ese momento era yo quien envidiaba su facilidad para ser feliz.

Poco después, mi madre entró en la habitación y nos quedamos en silencio.

—¿Se van a dormir o quieren ver televisión con su padre y conmigo?

—Mamá... tengo que decirte algo.

Se sentó a mi lado. Respiré hondo.

—Mamá... estoy embarazada.

Su rostro se encendió.

—¿Qué dijiste?

Asentí.

Se levantó de golpe.

—¿Tú tienes idea de lo que has hecho?

Empezó a caminar de un lado a otro.

—¡Dios mío! ¡No lo puedo creer!

Yo ya estaba llorando.

—Lo siento mucho, mamá.

Ella se apartó, agitando los brazos, abriendo mucho los ojos.

—¿Sabes cuánto me sacrifiqué para traerlos a este país? Quería darte oportunidades. Una familia unida. ¡Puse mi vida en pausa por ustedes!

Se llevó las manos a las sienes.

—Tengo que decírselo a tu padre.

—¡No, mamá! Por favor. Me va a matar.

Respiró profundamente.

—Esto no lo puedo ocultar.

Y entonces dijo algo que nunca olvidé:

—Nunca pensé que tú, de todos mis hijos, me harías esto.

Salió furiosa del cuarto.

Capítulo 13 - Embarazada

Minutos después oímos gritos afuera. Corrí a la ventana. Mi padre estaba en el patio con la pistola en la mano.

—¡Lo voy a matar! ¡Lo juro!

Sentí que la sangre se me helaba.

—Lynette… tengo que irme.

—¿Qué?

—¡Tengo que irme!

Salí corriendo de la casa en camisón y descalza.

Las lágrimas me corrían por la cara mientras avanzaba por la calle oscura. No sabía adónde ir. Entonces recordé a una anciana que vivía a una cuadra de distancia.

Toqué su puerta desesperadamente hasta que por fin abrió.

—¿Puedo usar su teléfono?

Tenía el cabello blanco recogido en un moño y llevaba una bata rosada. Bajo la luz amarilla del portal, su rostro parecía más arrugado de lo que yo recordaba.

—¿Está todo bien? —preguntó también en español.

Negué con la cabeza.

—Tengo una emergencia y necesito llamar a mi novio.

Bajé la vista y me llevé las manos al vientre.

—Mi padre acaba de enterarse de que estoy embarazada. Está en el patio con una pistola. Quiere matar a mi novio. Estoy muy asustada.

En cuanto me oyó, la buena mujer abrió más la puerta y me dejó entrar. Miró hacia ambos lados antes de cerrarla.

—Siento mucho que haya reaccionado así. Siéntate, por favor. El teléfono está en la mesita. Respira hondo. Voy a traerte un vaso de agua. Por cierto, me llamo Beverly. ¿Y tú?

—Tania.

—No te preocupes, Tania. Tu padre está alterado, pero se le pasará.

Negué con la cabeza.

—Usted no conoce a mi padre.

Ella sonrió con la ternura de una abuela.

—Haz tu llamada, cariño.

Caminé sobre las baldosas blancas hasta el teléfono y levanté el auricular. Me temblaban las manos al marcar. Al otro lado contestó Dalia, la madre de Phil.

—¿Puedo hablar con Phil? Es urgente.

—¿Quién habla?

—Tania.

—¿Está todo bien?

—No —dije—. Necesito hablar con él. Es muy importante.

—Está aquí. Ya te lo paso.

Respiré hondo.

—Tania, ¿estás bien?

—¡Necesito que vengas a buscarme! Estoy en la casa de una vecina, a una cuadra al este de la mía. Me escapé.

—¿Qué pasó?

—Mi padre se volvió loco cuando se enteró. Sacó una pistola y...

Phil no me dejó terminar. Oí un ruido al otro lado, luego gritos confusos. Lo llamé por su nombre, pero ya no estaba en la línea. Un momento después volvió a contestar su madre.

—Tania, Phil va para allá —dijo—. Salió corriendo de la casa. Estaba diciendo cosas horribles que no te

Capítulo 13 - Embarazada

voy a repetir. Espero que no haga nada de lo que después se arrepienta.

—¿Qué dijo?

—No te preocupes por eso. Está nervioso porque te quiere mucho.

—¿Qué voy a hacer ahora? No puedo volver a mi casa.

—Él te va a traer aquí. Lo resolveremos. Mantén la calma.

Después de colgar, le dije a Beverly que Phil venía en camino. Le describí su carro y ella me sugirió que esperara adentro.

Me dejó en la sala, apenas iluminada por una lámpara tenue. Yo no podía dejar de imaginar que en cualquier momento mi padre entraría por la puerta con la pistola en la mano.

Me senté en el sofá, pero no lograba quedarme quieta. Tenía las manos frías y húmedas. La pierna derecha me temblaba sin parar. El tiempo empezó a avanzar con una lentitud insoportable. El tic-tac del reloj en la pared sonaba cada vez más fuerte.

Avergonzada y llena de culpa, pensé en el sacerdote y en las monjas de la iglesia de San José. Necesitaba confesar mis pecados a Dios y pedirle perdón. Empecé a rezar por mis padres, por el bebé que llevaba dentro de mí y por Phil.

Después de un largo rato, el chirrido de los frenos me hizo ponerme de pie. La puerta se abrió y Phil entró corriendo, seguido de Beverly. Se abalanzó sobre mí y me abrazó con fuerza.

—¿Estás bien? ¿Te golpeó?

Negué con la cabeza.

—No. Salí corriendo cuando lo vi así.

Capítulo 13 - Embarazada

—No quiero que vuelvas a esa casa —dijo mirándome a los ojos—. Te vienes conmigo.

Beverly seguía junto a la puerta, observándonos. Vi que giraba la cabeza hacia una foto de boda en blanco y negro colgada en la pared. Apretó los labios y bajó la vista.

—Phil, ella es Beverly —le dije—. Me dejó usar su teléfono y quedarme aquí hasta que llegaras.

A los dos les dimos las gracias. Yo la abracé antes de irme.

Una vez en el carro, bastó mencionar a mi padre para que Phil se alterara tanto que empezó a conducir demasiado rápido. Giraba bruscamente, apretando el volante. Me asusté y decidí no volver a nombrarlo.

Cuando llegamos a su casa, en la calle Clifton, el portal estaba encendido. Dalia estaba sentada en un sillón con uno de los gemelos en el regazo y el otro en una sillita a su lado. Phil les pidió a los niños que fueran a ver televisión en la sala.

—Cuéntame qué pasó, cariño —me dijo Dalia cuando me senté en el sofá seccional y empezó a acariciarme la espalda. Su esposo, José, estaba junto a ella.

Iba por la mitad de la explicación cuando sonó el teléfono. Phil y yo intercambiamos una mirada. Dalia fue al comedor y levantó el auricular.

—Hola —dijo.

Guardó silencio un momento.

—Sí, Tania está aquí.

Entonces volvió la cabeza hacia mí, cubrió la bocina con la mano y susurró:

—Es tu mamá.

Capítulo 13 - Embarazada

Todos se quedaron callados mientras hablaban. Phil me tomó la mano. Miraba a su madre como si tratara de adivinar lo que oía.

—No te preocupes, Laura —dijo Dalia al cabo de un rato—. Ellos se van a casar. ¿Quieres hablar con tu hija?

Tragué en seco cuando me ofreció el teléfono. Sentí las manos heladas al llevármelo al oído.

—¿Sí, mamá?

—¿Tienes idea de quién llamó a la policía? —preguntó.

—¿La policía?

Me volví hacia Phil, mareada, y saqué una silla del comedor para sentarme.

—Te juro que no fui yo.

—Vinieron a la casa y le quitaron el arma a tu padre —dijo—. También se lo llevaron esposado.

—Dios mío...

Phil se acercó y me rodeó la cintura con un brazo.

—No fui yo, mamá. Tal vez algún vecino lo oyó. No sé qué decirte. Lo siento. Nunca quise que pasara esto.

Ella respiró hondo.

—¿Qué pensarán los vecinos? Estoy tan avergonzada. Años sacrificándome por ti, trayéndote a este país para que hicieras algo con tu vida, ¿y así me pagas? ¿Esto es lo que me merezco? ¿Cómo voy a explicarles esto a tus hermanos?

Me quedé callada, tratando de contener las lágrimas. Nada de lo que yo dijera iba a cambiar lo que sentía.

—Tengo demasiadas cosas en la cabeza y ahora también tengo que ver cómo saco a tu padre de la cárcel —continuó—. Pero hay algo más que debes hacer. Tienes que casarte con ese muchacho para no darme más vergüenza. Y no vuelvas a acostarte con él hasta que lo hagas. ¿Está claro?

—Sí, mamá.

Hubo un silencio breve.

—No sé qué va a decir tu padre cuando vuelva a casa, pero más vale que no regreses por un tiempo —dijo. Inhaló y exhaló con fuerza—. Ya no puedo seguir hablando contigo. Esto me altera demasiado. Que tengas buena vida, Tania.

Colgó. Me quedé vacía, rota por dentro.

Y con todo el peso de mi pecado sobre los hombros, le pedí a Dios que me perdonara.

Capítulo 14 - Sin mi hija

Tania siempre fue una niña no solo inteligente, sino también decidida a sobresalir en todo lo que hacía. Destacaba en la escritura y le gustaba escuchar con atención a su tío mientras leía libros complejos, como *La expansión territorial de los Estados Unidos*. Una adivina me dijo una vez que Tania estaba destinada a grandes cosas. Si aquella misma mujer no hubiera predicho con exactitud la muerte de mi madre, yo no habría dado crédito a sus palabras. Pero mi madre murió a los cincuenta y seis años, poco después de que la adivina me dijera que había visto su muerte en las cartas.

Todo eso hacía aún más difícil aceptar lo que estaba ocurriendo. Mis expectativas sobre Tania volvían más doloroso pensar que estaba echando a perder su futuro.

La noche en que se fue, la policía vino a la casa, interrogó a Rio como si fuera un delincuente y se lo llevó esposado delante de mis otros hijos. Supuse que alguno de los vecinos había llamado a las autoridades al escuchar sus amenazas.

Unos amigos puertorriqueños me llevaron a la comisaría y me ayudaron a pagar la fianza. Les expliqué a los oficiales que Rio no representaba un peligro real para su familia. Nunca había sido violento con nosotros, pero el alcohol y la noticia repentina habían provocado aquella reacción.

Ya era de madrugada cuando Rio regresó a casa: sobrio, pálido y con una expresión sombría. Reunió a la familia en el comedor y anunció:

—Tania ha muerto para esta familia. No quiero que nadie aquí hable de ella ni con ella. Cuando decidió irse de esta casa, dejó de ser mi hija.

Me crucé de brazos y lo miré con incredulidad.

—¡Pero, Rio, no puedes pedirme que me olvide de mi hija! —protesté.

—Papá, Tania es mi hermana —dijo Lynette—. Siempre será mi hermana.

Rio golpeó la mesa con la mano.

—Estoy cansado de que todos en esta familia me discutan. Al que no le guste, ahí está la puerta —dijo, señalando la entrada—. ¿Está claro?

Me quedé sin palabras. Me sentí atrapada. Por un instante pensé en dejarlo todo y marcharme, pero enseguida miré a mis otros hijos. Ellos también necesitaban un hogar estable. Necesitaban a su padre.

—Es nuestra hija —intenté razonar—. Solo porque cometió un error, no puedes borrarla de un golpe. ¿Cuántos errores cometimos nosotros a su edad?

Me lanzó una mirada dura.

—Esta conversación terminó. Me voy a bañar y a dormir unas horas. No quiero que nadie me moleste.

Se alejó mientras Lynette, Gustavo y yo nos mirábamos, atónitos.

—¿Puede alguien decirme qué está pasando? —preguntó Gustavo, que entonces tenía doce años.

Capítulo 14 - Sin mi hija

—Eres un niño —dijo Lynette—. Ésta es una conversación de adultos, así que mejor no te metas.

Gustavo le dio un empujón.

—No empujes a tu hermana —dije.

Luego él se volvió hacia mí.

—Mamá, ¿me puedes decir qué pasó? ¿Por qué se fue Tania? ¿Y adónde?

Me mostró las palmas de las manos y me miró con los ojos muy abiertos.

—Tu hermana y Phil se van a casar —dije.

Levantó las cejas.

—¿Y nosotros estamos invitados?

—No. Ninguno de nosotros va a asistir.

Frunció el ceño. De pronto, como si algo encajara en su cabeza, se llevó las manos a la frente.

—¡Oh, no!

—¿De qué estás hablando, idiota? —saltó Lynette.

—Tania está embarazada —dijo él—. Está metida en tremendo lío.

Y empezó a reírse.

—¿De qué te ríes, energúmeno? —le gritó Lynette, empujándolo otra vez.

—¡Ustedes dos, basta ya! Váyanse ahora mismo a su cuarto. Ya oyeron a su padre: necesita descansar.

Después me volví hacia Gustavo.

—Y todo lo que pasa en esta casa, se queda aquí. ¿Me oyes?

—¿Cuál es el problema, mamá? —preguntó—. Los tiempos han cambiado. Ya no estamos en Cuba. Hasta tiene algo de cómico. Yo, tío a los doce años.

—¡No tiene nada de cómico! —respondí—. Tania es inteligente. Tenía una beca para la universidad y ahora ha puesto su vida en peligro. Esto no es motivo de risa. Y no se habla más del asunto. ¡Vayan a estudiar ahora mismo!

Señalé hacia el fondo de la casa.

—Yo no voy a dejar de hablar con mi hermana —dijo Lynette mientras se alejaba.

—¡Que se enteren mis amigos! —murmuró Gustavo.

—No le vas a decir nada a nadie, ¿me oyes? —le dije, agarrándolo por la oreja.

—¡Mamá, me estás haciendo daño! ¡Suéltame!

—¿Vas a decirle algo a alguien?

—¡No! Era una broma. ¡Suéltame la oreja!

Lo solté.

—Todos en esta casa están locos —dijo, frotándose la oreja mientras se alejaba.

Cuando desaparecieron por el pasillo, me quedé sola en el comedor. Miré a mi alrededor y vi, sobre un gabinete, la máquina de escribir de Tania y algunos de sus papeles. Ya la extrañaba.

Tenía que hacer algo. Necesitaba que supiera que, pasara lo que pasara, yo seguiría de su lado.

No podía abandonarla precisamente cuando más me necesitaba.

Capítulo 15 - La llegada

El 10 de octubre, Phil y yo fuimos al centro de la ciudad para casarnos, pero los tribunales estaban cerrados. Cuando mi madre se enteró de que, un día después de haberme mudado con mi prometido, todavía no estaba casada, me colgó el teléfono. Al día siguiente regresamos.

—¿Dónde están sus testigos? —preguntó el juez, un hombre de unos cincuenta años, con barba gris y espejuelos.

No entendí la pregunta. Tres años después de haber llegado a los Estados Unidos, yo todavía seguía aprendiendo inglés.

—No tenemos testigos —dijo Phil.

—¿Y los anillos? —preguntó el juez.

—Tania tiene un anillo de compromiso. No pude comprarle uno de bodas, ni ella puede comprarme uno. No tenemos con qué.

El juez respiró hondo, sacudió la cabeza y dijo:

—Está bien. Mi secretaria servirá de testigo.

Momentos después comenzó la ceremonia. Cuando el juez nos pidió que pronunciáramos los votos, primero se dirigió a Phil.

—Repita después de mí —dijo.

Capítulo 15 - La llegada

Phil repitió palabra por palabra lo que el juez decía. Cuando llegó mi turno, me quedé paralizada.

—No entiendo lo que está diciendo —le dije a Phil en español—. ¿De verdad tengo que repetirlo?

Phil le tradujo al juez lo que yo había dicho y luego me explicó su respuesta.

—Si no repites las palabras, no nos puede casar.

Me pasó el brazo por los hombros.

—Vamos, tú puedes. Aunque lo digas mal, ¿a quién le importa? Solo estamos nosotros. Repítelo. No creo que quieras decirle a tu mamá que todavía no estamos casados.

Negué con la cabeza. El juez volvió a leerme los votos.

—Yo, Tania Valdés, te tomo a ti, Phil Méndez, como esposo.

Le pedí que lo repitiera varias veces y que hablara despacio. Con mucha dificultad y sin entender del todo el alcance de lo que se prometía, Phil y yo nos casamos ante la corte.

Nuestra decisión complicó nuestras vidas más de lo que habíamos imaginado. Apenas nos casamos, la realidad nos golpeó con fuerza. Teníamos que trabajar ocho horas al día para ganar el dinero que necesitábamos para el bebé, para conseguir un lugar donde vivir y para comprar un automóvil. En Tampa era casi imposible ir a trabajar sin carro. No podía seguir dependiendo eternamente de los padres de Phil.

Pronto comprendí que no podía asistir a suficientes clases para mantener la ayuda financiera de la universidad, así que no me quedó más remedio que renunciar a mi beca, una decisión de la que más tarde me arrepentí profundamente.

Capítulo 15 - La llegada

Empecé a trabajar en un Winn-Dixie cercano, pero el dinero que ganaba no alcanzaba. Allí conocí a una muchacha de mi edad que me sugirió una manera de reducir mis gastos.

—Puedes dar a tu bebé en adopción —me dijo—. Eso fue lo que hice yo.

La miré, confundida.

—¿Entregaste a tu bebé en adopción?

—Sí. Sus nuevos padres tendrán que hablarle de mí cuando cumpla dieciocho años. Ellos están mucho mejor económicamente que yo y pueden darle lo que no puedo.

La idea de renunciar a mi hijo me horrorizó.

—Nunca podría hacer eso —le dije.

Estábamos fuera de la tienda, durante el descanso. La muchacha sacó un cigarrillo y empezó a fumar.

—No fue fácil —dijo, dando una calada.

—Tendré que encontrar otro camino —respondí.

Phil y yo hablamos con varios familiares sobre nuestra situación y uno de ellos sugirió que el ejército podría ser una alternativa para él. Ni su madre ni yo queríamos separarnos de Phil, pero él sentía que tenía que hacer algo para estar a la altura de su nueva familia y decidió inscribirse en la Fuerza Aérea de los Estados Unidos.

Se entrenó con disciplina para prepararse, con ayuda de un pariente nuestro que tenía más de veinte años de servicio militar. Phil empezó a verse más atractivo que antes, con los brazos y el abdomen musculosos, pero cuanto más pensaba en que tendría que alejarme de él por un tiempo, más difícil me resultaba aceptarlo.

Capítulo 15 - La llegada

—No quiero que te vayas —le dije una noche, mientras estábamos acostados—. Te voy a extrañar demasiado. Mi madre pasó años separada de mi padre, y no quiero que eso nos pase a nosotros.

Me abrazó.

—Yo tampoco quiero estar lejos de ti, pero nuestra vida podría ser mejor si me voy. Necesitamos nuestro propio hogar.

—Lo sé, pero tú eres la única persona que me queda. No tengo a nadie más.

Me besó con pasión, y aquel beso se humedeció con mis lágrimas.

A medida que se acercaba el momento de su partida, se nos hacía imposible separarnos. Nos quedábamos despiertos hasta tarde, hablando de nuestros planes, de la casita que algún día compraríamos y del nombre de nuestro hijo o hija.

Cuando por fin llegó el día temido, me desperté temprano y apenas hablé con nadie. Mi suegra nos sirvió desayuno: café con leche, tostadas con mantequilla y huevos. Apenas probé el mío.

Mi suegro insistió en que me lo comiera todo, pero al final terminó comiéndose lo que dejé. En Cuba había aprendido lo que era acostarse sin comer, y no soportaba ver que se desperdiciara la comida.

Por fin salimos de la casa de Phil, en la calle Clifton, y su madre nos llevó al centro de procesamiento en West Tampa. Dalia y yo nos quedamos afuera esperando. Más tarde, cuando el autobús arrancó y nos despedimos de él, Dalia empezó a llorar, mientras yo contenía las lágrimas. Phil nos vio, agitó la mano y nos lanzó un beso.

Capítulo 15 - La llegada

En cuanto obtuve su dirección, empezamos a intercambiar cartas. Lo habían enviado a la Base de la Fuerza Aérea de Lackland, en San Antonio, Texas. Para entonces ya había comenzado la invasión de Granada y yo temía que, al terminar las seis semanas de entrenamiento básico, me enviaran allí. La presidencia de Ronald Reagan había comenzado en 1981, y ahora, poco más de dos años después, no solo había invadido Granada, sino que también había iniciado grandes ejercicios militares en Europa que implicaban el despliegue de miles de soldados estadounidenses.

El mundo parecía cambiar demasiado rápido, y yo temía por la seguridad de Phil. Su ausencia también afectó mucho a su madre. La presión arterial se le subía con frecuencia, lo que le provocaba mareos. Phil lo era todo para ella. Como no dominaba bien el inglés, dependía de él para traducir documentos importantes. Durante los años en que estuvo separada de sus padres, que se habían quedado en Cuba cuando ella emigró a Estados Unidos en 1968, Phil había sido su consuelo.

Su madre y yo le escribíamos para decirle cuánto lo extrañábamos. Pero, mientras tanto, fuerzas más profundas dentro de él hicieron que tanto Phil como sus superiores comprendieran que el ejército no era para él.

Cuando su oficial superior empezó a darle órdenes, en Phil no tardaron en despertarse los recuerdos de los militares cubanos que se llevaron a su padre por la fuerza, y del oficial que, cuando él tenía apenas cuatro años, le arrancó de las manos su camioncito favorito el día en que él y sus padres salían de Cuba. Phil empezó a ver a aquellos hombres en su comandante, y

131

Capítulo 15 - La llegada

la relación entre ambos se deterioró rápidamente. Cada vez que el comandante le exigía obediencia con un tono áspero, Phil se llenaba de resentimiento. Primero hubo insultos. Después, un altercado físico.

Antes de cumplir tres semanas de entrenamiento, y tras largas discusiones y evaluaciones, Phil recibió el alta definitiva de la Fuerza Aérea.

Cuando volvió a casa, cayó en una profunda depresión.

—Encontraremos otra manera —le decía, cuando lo veía mirar al suelo durante largos ratos.

Él me miraba a través de sus gruesos espejuelos, negaba con la cabeza y respondía:

—Te mereces algo mejor.

—Eres todo lo que necesito. No me casé contigo por lo que tienes, sino por quien eres. Eres un buen hombre, y eso es lo único que me importa.

Pero su frustración aumentó a medida que mi vientre crecía y seguíamos viviendo en casa de sus padres, él trabajando en el almacén de Montgomery Ward, en la avenida Waters, y yo como cajera en el Winn-Dixie.

No vi a mis padres aquella Navidad. Phil y yo pasamos una Nochebuena tranquila con sus padres y sus hermanos gemelos. Yo extrañaba a mis padres, a mis hermanos y a Danny. Después de la cena me excusé y fui a mi cuarto a llorar, acariciándome el vientre. Me pregunté qué futuro le esperaba al bebé que llevaba dentro de mí.

Phil y yo apenas teníamos diecinueve años. No sabíamos cómo criar un hijo. Tal vez mi madre había tenido razón: nos faltaba demasiado por aprender, y

Capítulo 15 - La llegada

quizá sí habíamos arruinado nuestras vidas. ¿Cómo íbamos a salir ahora de aquel agujero?

Nuestra desesperación crecía cada día. En febrero, cuando tenía seis meses de embarazo, Dalia y yo vimos un cartel en la carretera que anunciaba la venta de una casa barata. Solo pedían mil quinientos dólares de entrada y pagos mensuales que Phil y yo podíamos cubrir. Queríamos darle una sorpresa, así que hicimos una cita. Aquel día aprendí algo nuevo sobre mi país adoptivo: por amable que pudiera ser la gente, siempre había quienes se aprovechaban de los ignorantes, sin importarles el daño que causaban.

Le pagamos a un hombre mil quinientos dólares en efectivo, y desapareció. Más tarde, cuando denunciamos lo ocurrido, supe que había estafado del mismo modo a varias familias de Tampa. Aunque lo arrestaron años después, nunca recuperamos el dinero.

Yo siempre había creído que toda experiencia en la vida traía una lección. Aprendí que tenía que hacer algo para que nadie volviera a aprovecharse de mí de esa manera.

Mi madre y yo empezamos entonces a hablar casi todos los días. Me llamaba desde el trabajo, durante su descanso, cuando yo estaba libre. Encontré consuelo en sus palabras. Me repetía que no todo estaba perdido.

—Después de que nazca el bebé, deberías volver a la universidad —me decía—. Eres una mujer inteligente y creo en ti.

El bebé se retrasó unos días. La noche anterior, Phil y yo nos acostamos alrededor de las once y, ya de madrugada, una gran cantidad de líquido —que él, en ese momento, no supo identificar— empezó a salir de mí. Nunca lo había visto tan nervioso. Se puso unos vaqueros y una camisa vieja y despertó a toda la casa.

—¿Qué tengo que hacer? ¿Qué hago? —le preguntó a su madre, mirando el líquido desparramado en el piso del baño.

Ella sonrió.

—No hay nada de qué preocuparse. Se le rompió la fuente. Pronto serás papá. Solo llévala al hospital. Tu padre y yo iremos después.

Me duché rápido y salimos corriendo. Phil tardó quince minutos más de lo habitual en llegar al Hospital General de Tampa. A pesar de las veces que ya habíamos ido allí, seguía desorientándose y no encontraba con facilidad el puente hacia Davis Islands, donde estaba el hospital.

Mi suegra llamó a mis padres para avisarles. Mi madre no fue a trabajar ese día y les pidió a mis suegros que la recogieran de camino al hospital. Lynette y Gustavo fueron con ella. Desde que llegaron, mi madre, mis hermanos y mis suegros volvieron loco al personal del hospital con sus preguntas y su insistencia en que todos necesitaban estar conmigo. En un momento dado, una enfermera les sugirió amablemente que regresaran a casa para descansar.

—Somos una familia cubana —explicó Phil—. Cuando alguien va a dar a luz, viene toda la familia. Éste es el primer nieto de nuestros padres.

A medida que se acercaba el nacimiento, me ponía cada vez más nerviosa, y mi presión arterial subía. Horas después de mi llegada, una enfermera entró, revisó uno de los monitores y pareció alarmarse.

—¿Está todo bien? —pregunté.

Capítulo 15 - La llegada

—Por un momento perdimos el latido del corazón del bebé —respondió—. Ahora está bien. No se preocupe. Voy a avisarle al médico.

Poco después, regresó con un medicamento y lo administró por vía intravenosa.

—¿Qué pasa con el bebé? —grité.

—Necesitamos inducir el parto.

En cuanto el medicamento empezó a hacer efecto, el dolor aumentó con una violencia que yo no había imaginado. Nunca había sentido algo igual. Los músculos del útero se tensaban y se aflojaban una y otra vez. Mi cuerpo se retorcía con cada contracción. Estaba agotada. La presión seguía subiendo, y empecé a pensar irracionalmente:

Esto es el castigo de Dios por haberme acostado con Phil antes de casarme. Mi madre tenía razón. Si nunca lo hubiera conocido, no estaría pasando por esto. Es la última vez que voy a quedar embarazada. Nunca más.

Con cada pensamiento me iba llenando de rabia. Dejé de mirar a Phil con los ojos amorosos de una esposa. Del dolor, empecé a arrancar con las uñas el papel de la pared. Él seguía haciendo preguntas sobre los cables y los monitores que me sujetaban, pero yo ya no tenía paciencia.

—¡Todo esto es culpa tuya! —le grité, como poseída.

—¿Qué hice? —preguntó, desconcertado.

—¡Me embarazaste!

En ese momento entraron dos hombres con batas blancas. Uno presentó al otro.

—Éste es un estudiante de medicina. Está aquí para aprender. ¿Está bien?

Capítulo 15 - La llegada

Yo no respondí. Lo miré con furia, el rostro encendido por el dolor, y entonces Phil contestó:

—Está bien.

Pero había algo en aquel estudiante que me irritaba, o al menos eso me decía mi mente fuera de sí. Exhausta, con la presión alta y el dolor desbordándome, empecé a convencerme de que me miraba las piernas más de la cuenta, y esa sensación se volvió insoportable.

—¡Fuera! No lo quiero aquí. ¿Qué soy yo, un experimento?

Los ojos de Phil se abrieron de par en par.

—Lo siento —dijo—. Ella tiene mucho dolor.

—No se preocupe. —La entiendo —respondió el estudiante y salió del cuarto.

Por fin, cuando estaba casi completamente dilatada, una enfermera me dijo:

—¡No empuje! Tenemos que llevarla a la sala de partos.

Después de más de veinte horas de trabajo de parto, la miré sin poder creerlo. ¿Que no empujara? Ya no soportaba ni un minuto más de dolor, y la parte más obstinada de mí empujó con toda la fuerza que le quedaba.

Más tarde, ya en la sala de partos, sentí el corte de la episiotomía y el calor de la sangre que bajaba por mis piernas. Pero cuando el niño salió de mi cuerpo para entrar en el mundo, el dolor era tan inmenso que la molestia de la incisión y de los puntos parecía menor.

Después, cuando me llevaron a una habitación, Phil se echó a llorar al ver a su hijo por primera vez. Me tomó la mano, como si hubiera olvidado todos mis gritos y reproches durante aquellas interminables horas.

Capítulo 15 - La llegada

Para entonces, el peor dolor ya había pasado y mi presión arterial se había normalizado. Eso me permitió volver a pensar con claridad.

Sostuvo al niño durante un largo rato, examinando cada parte de su cuerpo diminuto.

—Los abuelos deben estar ansiosos. Ve a buscarlos —le sugerí.

Antes de que saliera, añadí:

—Siento todo lo que te dije. Te amo.

Él sonrió.

—Lo sé.

Cuando Phil regresó con varios miembros de nuestras familias, la primera persona a la que vi fue a mi padre. No lo había visto en meses, y la emoción me desbordó.

—¡Papá! Acércate para que veas a tu nieto.

Sus ojos brillaron al contemplar al pequeño. Phil Jr. era una mezcla de ambos. Tenía el cabello oscuro de su padre y mi cara ancha y mi piel clara, pero medía apenas dieciocho pulgadas y pesaba poco más de seis libras.

—¿Puedo cargarlo? —preguntó mi padre, rascándose el brazo.

Sonreí.

—Claro que sí, papá.

Mi madre me besó, me abrazó y se colocó junto a él.

—¡Míralo! —dijo—. Nuestro primer nieto. Qué lindo está. Que Dios siempre me lo proteja.

Le acarició la carita y el recién nacido abrió sus ojos oscuros para mirarla, mientras sus labios rojizos parecían dibujar una sonrisa.

Capítulo 15 - La llegada

—Mira, Rio —dijo ella—. Nos está sonriendo. Ya quiere a sus abuelos. ¿Verdad que sí, tesoro?

Uno a uno, los demás fueron abrazándome, besándome y cargando al recién nacido.

Mi padre se retiró un momento hacia el fondo de la habitación, cerca de la puerta, y le dijo a mi madre:

—Voy a salir un momento. Ahora regreso.

Mi madre aprovechó la ocasión para acercarse a mí, mientras mi suegra, rodeada por Phil, mis hermanos y Tom, sostenía a mi hijo en brazos y le hablaba con voz infantil.

—Te extrañé —me dijo mi madre, acariciándome la cara—. La casa no ha sido la misma sin ti.

—Y yo a ti, mamá.

—¿De verdad? —preguntó, alzando las cejas.

Asentí, y ella sonrió.

—Tu padre no es un hombre malo —añadió—. Quiere lo mejor para su familia. Ahora que tienes un bebé, lo vas a entender.

Me abrazó y, a diferencia de otras veces, yo le devolví el abrazo.

—Gracias —susurró ella, con la respiración temblorosa.

Se sentó a mi lado y conversamos un rato. Minutos después, Dalia me devolvió al bebé. Todos hablábamos y reíamos —mi hermana bromeando con Phil, los demás comentando cosas del niño— cuando vimos entrar de nuevo a mi padre. Traía una bolsa de regalo, unas flores y un osito de peluche.

—Las flores son para ti —me dijo—. El oso y la bolsa son para el bebé.

No pude contenerme y rompí a llorar.

Capítulo 15 - La llegada

—Gracias, papá. Te quiero. También a ti, mamá. Los extrañé mucho a los dos —dije, con la voz quebrada.

Abrí los brazos a mi padre y nos abrazamos.

Poco después de que el bebé y yo salimos del hospital, mis padres empezaron a visitarme casi a diario, y así pude ponerme al corriente de lo que ocurría en casa. Querían vender la casa de la calle LaSalle.

—Demasiados recuerdos —dijo mi madre—. Además, empezamos a recibir llamadas otra vez y tu padre está demasiado nervioso. Y no ha vuelto a ser el mismo desde el accidente en la compañía de cristales. Vive con dolor. Su jefe aceptó pagarle diez mil dólares y, con ese dinero, vamos a abrir una pequeña empresa y usar solo el teléfono del negocio. Si trabaja por su cuenta, podrá escoger sus horarios.

Mis padres comenzaron a buscar otra casa que se ajustara a lo que necesitaban.

Mi hermana asistía al colegio comunitario y había encontrado trabajo en la oficina de un hospital. Conoció a un hombre mayor que ella, alguien que compartía varios de los intereses de mi padre, y comenzaron a salir.

Mi madre había querido algo distinto para Lynette, pero, guiándose por lo que había aprendido de mí, no se opuso cuando, tiempo después, aquel hombre vino a pedirle la mano.

Los planes de la boda retrasaron la búsqueda de casa y, poco después de cumplir diecinueve años, Lynette tuvo una boda sencilla en una iglesia protestante. Era una novia preciosa. Su cabello largo y castaño caía en hermosos rizos hasta los hombros. Incluso mi tía y su familia vinieron de Miami para el evento.

Capítulo 15 - La llegada

Por fin, el sueño de mi madre de ver a una hija vestida de blanco se había cumplido.

Con la boda ya pasada y una persona menos viviendo en la casa, mis padres retomaron la búsqueda. Encontraron una vivienda en Town & Country que tenía un taller sin terminar en el patio trasero. Mi padre usó parte del dinero de la compensación laboral para equiparlo y montar una pequeña empresa de cristales. También compró un microbús usado para transportar vidrio.

Le dolía la espalda constantemente, pero tener su propio negocio le permitía trabajar con horarios flexibles y descansar cuando el dolor se volvía insoportable. El taller también le daba libertad para fumar y beber cerveza cuanto quisiera, dos hábitos que terminarían pasándole factura a su salud. Mi madre se encargaba de gran parte de la comercialización y de las ventas. Al cabo de un tiempo, mi padre la convenció de dejar su empleo en el hospital para que organizara la oficina y gestionara las citas de los clientes. Ella buscaba todo tipo de trabajos, desde casas particulares hasta negocios de catering.

De alguna manera, un club de striptease local se enteró del negocio y contrató a mis padres para instalar una pared de cristal. Mi madre creyó que moriría cuando entraron allí. No estaba acostumbrada a ver mujeres prácticamente desnudas caminando con total naturalidad delante de hombres desconocidos. No podía entender por qué trabajaban en un lugar así.

—¿Por qué no estudian en la universidad, con tantas oportunidades como ofrece este país? Además, ¿no les da vergüenza mostrar su cuerpo a hombres extraños? —le preguntó a mi padre.

Capítulo 15 - La llegada

—La vida no es tan simple como tú crees —respondió él—. Algunas de esas muchachas han sido violadas. Otras no tienen apoyo, están embarazadas y tienen un hijo que mantener. No todo el mundo nació para ser maestro, Laura.

Mi padre sonrió y le tocó la mejilla.

—Para que el mundo sea el mundo, tiene que haber de todo. ¿Quiénes somos nosotros para juzgar a nadie?

Él siempre encontraba la manera de obligarla a mirar la vida desde un ángulo distinto. Mi madre, criada por monjas, había recibido una formación religiosa estricta y jamás había salido de Cuba antes de emigrar. Mi padre, en cambio, había participado en una guerra, trabajado como guardaespaldas de un mafioso y vivido en Madrid, Nueva York y Miami.

A pesar de sus vicios, mi madre no solo lo amaba: también lo compadecía. Y esa mezcla de amor y compasión la llevaba a ser demasiado tolerante con él, sobre todo cuando bebía de más.

Capítulo 16 – Trazando el camino

Muchas veces actué entre bastidores para ayudar a Tania a regresar al camino que yo consideraba correcto, aunque procuraba hacerlo sin que ella lo advirtiera.

Veía en mi hija un potencial extraordinario. Desde pequeña percibí en ella una curiosidad que iba mucho más allá de su edad. A los tres años ya conocía todas las letras y los números, y hacia los siete comenzó a leer libros de ciencia y a memorizar nombres de compuestos químicos. Su necesidad de aprender algo nuevo cada día me asombraba.

Vivíamos en un país donde todo parecía posible, y yo quería que mis hijos aprovecharan las oportunidades que nos ofrecía nuestra tierra adoptiva. Soñaba con que alcanzaran el sueño americano, aunque para Rio y para mí quizá ese sueño hubiera llegado demasiado tarde.

Con el tiempo comprendí que el sueño americano significaba algo distinto para cada persona. Para mí, representaba una carrera estable y gratificante, seguridad económica, una casa propia y vivir sin el peso constante de las deudas. Pero también significaba preservar la unidad familiar y tratar a los demás con bondad y respeto, sin importar cuán lejos nos llevaran nuestras ambiciones. Algunos amigos solían decirme que aspiraba demasiado alto, y yo siempre les respondía lo mismo:

—Sueña, y lo lograrás.

De una manera u otra, fui guiando a mis hijos hacia el futuro que imaginaba para ellos. En el caso de Tania, decidí comenzar por su suegra, una mujer en quien ella confiaba profundamente, y más adelante por su jefe.

Phil y Tania empezaron tomando clases nocturnas de informática en la secundaria Leto y, después de obtener sus certificados, se abrió una plaza con beneficios en el hospital donde yo trabajaba. Sin perder tiempo, hablé con el gerente de la oficina y casi le rogué que entrevistara a mi hija.

Tania nunca había trabajado en un entorno administrativo. Tenía apenas veinte años y todavía no comprendía del todo el mundo profesional ni las expectativas que existían dentro de una oficina. El día de la entrevista llegó acompañada de su suegra y con el bebé en brazos. Llevaba un vestido sencillo, adornado con óvalos blancos y vuelos, que su suegro le había comprado. No era, precisamente, el tipo de ropa apropiada para una entrevista de trabajo.

El gerente la observó con evidente inquietud antes de pedirle que dejara al niño con Dalia mientras hablaban.

Era un hombre alto, algo torpe en sus modales, contador de profesión e hijo de inmigrantes españoles. Después de que Tania completó una prueba de matemáticas, él revisó los resultados en silencio, se rascó la cabeza y finalmente se acomodó detrás del escritorio.

—No tengo dudas de que eres inteligente —le dijo—. De hecho, te fue mejor en esta prueba que a todos los demás solicitantes. Pero voy a ser sincero contigo: eres la última persona que imaginé para un trabajo como éste. Buscaba a alguien más madura y con experiencia. Aun así, por los resultados de este examen, voy a darte una oportunidad. No me hagas arrepentirme. ¿Entendido?

Tania lo miró con entusiasmo.

—Claro que sí. Voy a trabajar duro. Se lo prometo.

Una vez que consiguió aquel trabajo de oficina, empecé a pensar en el siguiente paso. Poco después, busqué a su jefe y le hablé con total honestidad.

—Por favor, ayude a mi hija —le pedí—. Sea exigente con ella. Incluso duro, si es necesario. Quiero que llegue a la universidad. Si usted la desafía, ella responderá.

Y eso fue exactamente lo que ocurrió.

Un día, después del trabajo, Tania me llamó indignada.

—¿Puedes creer lo que me dijo mi jefe hoy, mamá?

—¿Qué pasó?

—Me dijo que nunca voy a ser más que una secretaria. ¡Hasta criticó mi manera de vestir! ¿Quién se cree que es? Yo no gano el dinero que él gana. No tiene derecho a hablarme así.

—¿Y qué piensas hacer? —le pregunté.

—Quisiera buscar otro trabajo, pero acabo de empezar y tampoco me conviene irme tan pronto.

Guardó silencio unos segundos antes de volver a hablar, esta vez con una determinación distinta en la voz.

—Ya sé lo que voy a hacer.

—¿Qué cosa?

Capítulo 16 – Trazando el camino

—Voy a demostrarle con quién está tratando. Voy a regresar a la escuela. Le voy a enseñar que no pienso ser secretaria toda la vida.

—¿Y la ropa? ¿Necesitas que te ayude?

—No. Ya tienes suficientes preocupaciones. Voy a ir al Ejército de Salvación a buscar ropa usada y un traje de oficina. Ya verá quién soy.

Sonreí para mis adentros. Los valores que había tratado de inculcarle seguían intactos, al igual que la determinación que necesitaba para abrirse camino en la vida. Solo había necesitado un pequeño empujón.

Lo que todavía no sabía era hasta dónde estaría dispuesta a llegar para demostrar su valía. Y, en el fondo, yo estaba deseando descubrirlo.

Al día siguiente, Tania fue al Ejército de Salvación y a una tienda de ropa usada para comprar lo necesario. Sin embargo, regresar a la universidad no sería tan sencillo. Debía cumplir varios requisitos, y además el semestre ya había comenzado.

—Estaré lista para el próximo otoño —me dijo—. Para entonces, mi hijo estará un poco más grande.

Phil también decidió retomar sus estudios y se matriculó en el programa de ingeniería informática del Instituto Técnico de Tampa. Tania, por su parte, logró convencer a los funcionarios del Hillsborough Community College de que le permitieran empezar de nuevo, con un expediente limpio.

Aun así, ella no sabía cuánto tiempo podría sostener el ritmo de trabajar ocho horas al día, criar a su hijo y asistir a clases nocturnas. En lugar de comprometerse con una carrera larga desde el principio, optó por una certificación cuyos créditos pudieran servirle más adelante para obtener un título universitario, en caso de que decidiera continuar estudiando.

Capítulo 16 – Trazando el camino

La medicina, que había sido su primer amor, quedó descartada. Ese camino requería demasiados años, y ella necesitaba resultados más inmediatos. Así que comenzó a revisar los periódicos para identificar cuáles eran las profesiones más solicitadas y mejor remuneradas en Tampa. Después de mucho analizar, eligió contabilidad, una disciplina completamente ajena para ella.

A las pocas semanas, me llamó una noche llorando.

—No entiendo este sistema de partida doble, mamá —me dijo desesperada—. No tiene lógica para mí. Un italiano llamado Luca Pacioli lo inventó en 1494, pero esto no se basa en la ciencia. ¡Lo odio!

No quise llevarle la contraria.

—¿Sabías que tu tía estudió contabilidad además de arquitectura?

—Sí, ya me lo habías dicho, pero no quiero molestar a nadie. Quiero aprenderlo sola. Solo necesitaba desahogarme, eso es todo. Cada noche tengo que traducir al español las instrucciones y los textos en inglés, pero como en Cuba nunca estudié negocios, ni siquiera traducirlos me ayuda demasiado. Voy a tener que acostumbrarme a pensar y entender esto en inglés. Apenas estoy durmiendo cuatro o cinco horas por noche. Es desesperante.

Respiré hondo antes de responderle.

—Ora, cariño. Dios te va a ayudar.

Hubo un breve silencio.

—No quiero rendirme, mamá —me dijo finalmente—. Tengo muchos sueños para mi hijo. Quiero que algún día pueda asistir a una escuela privada y recibir la mejor educación posible.

—Son grandes sueños —le respondí.

Capítulo 16 – Trazando el camino

Y mientras escuchaba la determinación en su voz, sonreí al comprender que, por fin, la rueda de la vida había comenzado a girar en la dirección correcta.

Capítulo 17 – Vida de casados

Durante casi cinco años, Phil y yo vivimos en un parque de casas móviles cerca de Sheldon Road. Nuestro tráiler tenía dos dormitorios, dos baños, una cocina pequeña y una sala apenas lo suficientemente amplia para un sofá y una silla. Las paredes revestidas con paneles de madera y la alfombra anaranjada hacían que el interior se sintiera oscuro, casi sofocante.

Había meses en que el dinero apenas alcanzaba y terminábamos sobreviviendo gracias a las tarjetas de crédito. Discutíamos con frecuencia por asuntos económicos. A Phil le apasionaba la música y, de vez en cuando, llegaba a casa con un disco nuevo bajo el brazo. Yo, en cambio, marcada todavía por los años de escasez en Cuba, vigilaba cada centavo como si fuera el último.

La vida se parecía muy poco a la que había imaginado.

Trabajábamos sin descanso: él en un almacén y yo en el hospital. Mi madre y mi suegra se turnaban para cuidar a nuestro hijo y, siempre que podían, nos ayudaban con pañales, leche y cualquier gasto que apareciera de improviso. Poco a poco, mi inglés comenzó a mejorar y, cuando finalmente obtuve mi certificado en contabilidad en el colegio comunitario, comprendí que no podía conformarme. Necesitaba aspirar a más.

En esa búsqueda también cometí errores.

Acepté un empleo en mercadeo que apenas duró dos semanas. El dueño quería que aprendiera las funciones de otra empleada para despedirla después. No pude hacerlo. No era la clase de persona que deseaba ser. Se lo dije directamente. Él me pagó una semana adicional y salí de allí sin trabajo, aunque con la conciencia tranquila.

Poco tiempo después solicité empleo en una pequeña empresa de aviación. Desde el principio, el proceso de entrevista me resultó extraño y perturbador. El dueño envió a un consultor para entrevistarme... en su propia casa.

Llegué con mi traje de oficina y mi portafolio, intentando aparentar una seguridad que no sentía del todo. El consultor, un joven de cabello oscuro y espejuelos, me sentó frente a una computadora y me pidió que realizara varias tareas en Lotus 1-2-3 y WordPerfect. Cuando terminé, revisó el trabajo y asintió con expresión satisfecha.

—Eres muy buena en esto.

—Gracias —respondí, tratando de controlar los nervios.

Entonces cerró la carpeta y se puso de pie.

—Vamos. Te presentaré a tu jefe.

En ese instante, todas las historias oscuras y advertencias que mi padre me había contado alguna vez cruzaron por mi mente. Por un momento absurdo, aunque muy real para mí, pensé que aquel hombre podía estar llevándome a algún sitio del que jamás regresaría.

Aun así, respiré hondo.

Capítulo 17 – Vida de casados

—Muy bien —dije—. ¿Cuál es la dirección?

—Sígueme en tu coche.

Subí a mi Cutlass Supreme gris de 1980 y conduje detrás de él con el corazón latiéndome en la garganta. Si mi padre estuviera aquí..., pensé mientras intentaba tranquilizarme.

Finalmente llegamos a un hangar cerca de Drew Park, junto al aeropuerto. El edificio metálico, envuelto en calor y olor a combustible, parecía sacado de una de las historias que yo tanto temía. Subimos por una escalera metálica hasta la oficina del segundo piso. Debajo de nosotros, varios mecánicos trabajaban alrededor de un avión pequeño. Algunos se detuvieron para mirarme. Uno incluso sonrió. Yo desvié la mirada de inmediato.

En cuanto entré en la oficina, la atmósfera cambió por completo.

La gerente me recibió con amabilidad y me hizo sentir, por primera vez en todo el día, que tal vez no tenía nada que temer. Poco después conocí al dueño de la empresa.

—Tú debes ser Tania —me dijo con una sonrisa cordial.

Y entonces sentí cómo la tensión que había llevado encima desde la mañana comenzaba, poco a poco, a desaparecer.

Me explicó las responsabilidades del puesto y luego mencionó algo que captó toda mi atención: me ofrecía seis dólares la hora, seguro médico y, más importante aún, ayuda para pagar mis estudios universitarios.

Cuando salí de aquella oficina, sentí que algo dentro de mí finalmente se aflojaba.

Capítulo 17 – Vida de casados

Por fin tenía frente a mí un trabajo con posibilidades de crecimiento, un empleo que podía representar algo más que sobrevivir de cheque en cheque.

Me entregué por completo. Aprendí todo lo que pude sobre sistemas, contabilidad y operaciones. Absorbía información con la desesperación de alguien que sabía que no podía darse el lujo de desperdiciar oportunidades. Con el tiempo, terminé convirtiéndome en el enlace principal con los bancos, y John, mi jefe, empezó a notarlo.

—Estás haciendo un trabajo excelente —me dijo varios meses después—. Voy a dejar de utilizar compañías externas para manejar ciertas funciones. Quiero que tú asumas esas responsabilidades. Y también voy a darte un aumento.

Tres dólares más por hora.

Para mí, aquello era enorme. Sin embargo, en el fondo sabía que todavía no era suficiente. No para la vida que quería construir.

Comencé entonces a estudiar con una intensidad casi obsesiva. Trabajaba durante el día y estudiaba por las noches. Quería entenderlo todo. Quería crecer. Quería demostrarme a mí misma que podía llegar mucho más lejos de lo que cualquiera hubiera imaginado.

Un día, John me invitó a almorzar.

Mi reacción inmediata fue de alarma.

Llamé enseguida a mi padre.

—Si pasa algo, me llamas —me dijo con total seriedad.

Durante el almuerzo apenas probé la comida. Tenía un nudo en la garganta y la sensación constante de que algo importante estaba a punto de ocurrir.

Finalmente, John dejó los cubiertos sobre la mesa y me miró fijamente.

—Quiero ofrecerte el puesto de gerente de oficina.

Capítulo 17 – Vida de casados

Por un instante, el mundo pareció detenerse.

—Pero ya hay una gerente —respondí, confundida.

—No por mucho tiempo.

Sentí un conflicto inmediato.

—Ella es mi amiga —le dije—. No puedo aceptar algo que la deje sin trabajo.

John sostuvo mi mirada con firmeza.

—Esto es negocio, Tania. Te estoy ofreciendo la oportunidad de tu vida.

Guardé silencio. En aquel momento comprendí algo importante: crecer profesionalmente también significaba enfrentarse a decisiones incómodas, incluso dolorosas.

Respiré hondo.

—Acepto —dije finalmente.

Entonces vino la pregunta que terminaría cambiando mi vida.

—¿Cuánto quieres ganar?

No supe qué responder. Nadie me había enseñado jamás a ponerle precio a mi trabajo, mucho menos a mi valor.

Así que lo miré y respondí con honestidad:

—Dígame usted cuánto cree que valgo.

John no dudó.

—Quince dólares la hora.

Quince.

Era 1991. Yo tenía veintiséis años. Un hijo. Una vida que sostener. Sentí una ola de emoción, pero no la dejé salir.

—Está bien —dije.

Por dentro, sabía que todo acababa de cambiar.

Ese fin de semana celebramos con mi familia. Entre risas, comida y brindis, algo se asentó en mi interior:

Había empezado a construir algo.

***

Ese ascenso marcó un antes y un después.

Terminé mi grado asociado y continué hacia la universidad. Phil también avanzó en su carrera. Dejamos atrás el tráiler y compramos nuestra primera casa: pequeña, sencilla, imperfecta... pero nuestra.

El día que entramos, Phil Jr. corrió por toda la casa y reclamó su cuarto con una alegría que no olvidaré nunca.

—¡Este es mío!

Y en ese momento supe que todo esfuerzo había valido la pena.

Intentamos incluso conseguirle un perro. No salió bien. El perro era más grande que él y lo tumbó en el patio el primer día. Lo devolvimos. Nunca volvió a pedir otro.

Pero no importaba. Ya teníamos lo esencial. Un hogar. Y yo tenía algo más: Disciplina.

A pesar del aumento, no cambié mis hábitos. Al contrario, me volví más estricta. Empecé a enviar pagos adicionales a la hipoteca. No era solo una deuda.

Era una meta. Y estaba decidida a conquistarla.

Capítulo 18 – Papá

La casa de mis padres en Town & Country era modesta: de madera, con tres dormitorios, un baño y un patio grande que casi siempre estaba lleno de familiares y amigos. Los cuartos eran pequeños, así que mi padre derribó la pared entre dos de ellos para hacer uno más amplio para él y otro para mi madre. Cuando sus nietos iban de visita, les encantaba jugar y ver televisión en aquel cuarto mientras mis padres cocinaban.

La familia no dejaba de crecer. Mi hermano Gustavo conoció a su futura esposa poco después de terminar la secundaria y, para 1996, mis padres ya tenían tres nietos: dos del matrimonio de Lynette y Phil Jr. Tony, el esposo de Lynette, trabajaba con mi padre y se llevaba muy bien con él.

Phil, después de un comienzo difícil, había logrado cierto grado de aceptación por parte de mi padre, aunque discutían con frecuencia. Papá tenía inclinaciones de izquierda; Phil, en cambio, se identificaba más con ideas conservadoras.

Phil y yo seguíamos progresando en nuestros trabajos, y eso nos permitió mudarnos a una casa más grande en Carrollwood después de vender nuestra primera casita con una ganancia respetable. No usé a un agente de bienes raíces: manejé la transacción yo sola.

Con parte de esos ahorros me compré un piano vertical, algo que había deseado desde que llegué a los Estados Unidos.

Phil y yo también decidimos venderle a mi padre un Ford Taurus que habíamos comprado unos años antes. Tenía pocas millas y estaba en excelentes condiciones. A mi padre le había encantado aquel carro desde el primer momento, y cuando Phil le dijo que se lo vendería a muy buen precio, reaccionó como si se hubiera ganado la lotería. En cuanto transferimos el título, el Taurus se convirtió en su posesión más preciada. Lo cuidaba con un esmero casi exagerado.

Mi padre era, por fin, un hombre feliz. Pero sus hábitos seguían ahí, sobre todo la bebida y los cigarros, mientras mi madre, resignada a no poder cambiarlo, actuaba como si no los viera. Como abuelo era maravilloso. Jugaba con sus tres nietos —todos varones entonces—, les compraba regalos, les llevaba helado y les horneaba pizzas deliciosas. Hacía cualquier cosa por complacerlos. Los niños se lo devolvían con amor, con risas, con esas sonrisas abiertas que les llenaban la cara cuando su abuelo jugaba con ellos en el patio y les hacía muecas como un payaso. Seguía haciendo su pequeño baile de júbilo cuando estaba contento y, como siempre, era la alegría de cada reunión familiar.

Así fue hasta un día.

Mi padre había cumplido cincuenta y nueve años un par de meses antes. Lo habíamos celebrado en un restaurante cerca de Clearwater Beach con casi toda la familia, salvo mi tía Berta y los suyos, que todavía vivían en Miami. Para entonces, mi tío trabajaba como ingeniero y mi tía como contadora. Sus vidas eran tan agitadas que solo venían a Tampa por Navidad.

Las llamadas misteriosas que mi padre recibía cuando yo aún vivía con ellos habían cesado hace años.

Capítulo 18 – Papá

Todo parecía estar bien, salvo algo en su mirada durante aquel almuerzo de cumpleaños. Yo sentía que escondía algo detrás de la sonrisa.

Una madrugada sonó el teléfono.

—¡Apresúrate! —gritó mi madre, histérica, en cuanto respondí—. Tu padre tuvo un derrame cerebral y lo llevaron en ambulancia al hospital. Por favor, ven a buscarme.

Salimos corriendo de la casa con Phil Jr. todavía medio dormido. Primero recogimos a mi madre, que lloraba sin consuelo cuando llegamos. Luego fuimos a casa de mis suegros para dejar a nuestro hijo, que tenía doce años. En el camino, Phil Jr. le preguntó dos veces a su abuela:

—¿Y el abuelo se va a poner bien?

Cada vez que lo preguntaba, ella volvía a llorar.

—Phil Jr., deja de molestar a tu abuela. Trata de dormir. Te despertaremos cuando lleguemos a casa de tus otros abuelos.

No me hizo caso. Por el espejo retrovisor lo veía hablarle, hasta que al final ella lo abrazó y le dijo, con la voz quebrada:

—Sé cuánto quieres a tu abuelo, Phil Jr. No te preocupes. Todo va a salir bien.

Llamé a mis hermanos antes de salir de casa de mis suegros y, cuando llegamos al Tampa General, ya estaban allí con sus esposas. Nos abrazamos todos.

—¿Qué le pasó a papá, mamá? ¿Estaba enfermo? —preguntó mi hermano.

Era el retrato vivo de mi padre a esa edad.

—Lo había llevado al médico hace poco, después de insistirle no sé cuántas veces. Le diagnosticaron enfisema. Fumaba demasiado. Los doctores dijeron que tenía los pulmones de una persona de ochenta años.

—¿Por qué no nos lo dijiste? —preguntó él.

Capítulo 18 – Papá

—Porque no quería que ustedes se preocuparan. Quería que siguieran viéndolo como el hombre fuerte que siempre fue.

—¡No hables como si estuviera muerto! —gritó mi hermana—. No está muerto.

—Lo siento —dijo mamá—. Tienes razón. Tenemos que pensar en positivo y rezar por él.

Esperamos, consumidos por la ansiedad, hasta que salió el médico. Finalmente, dejaron entrar a mi madre. Pasaron quince minutos sin noticias, y ya no pude seguir esperando. Logré colarme en la habitación de mi padre.

No estaba preparada para lo que vi.

Tenía la boca torcida. Estaba pálido, irreconocible, conectado a un tubo de oxígeno, a un suero y a un monitor de presión arterial.

—Dios mío... ¿por qué se ve así, mamá? ¿Tú crees que va a mejorar pronto?

Ella se levantó y me abrazó mientras las lágrimas me salían sin control. Me dejé abrazar. Lloramos juntas.

—Está bien que llores, cariño —me dijo—. Sé cuánto significa tu padre para ti. Es bueno expresar lo que uno siente.

Y eso hice, como nunca antes.

Cuando salió del hospital, mi padre ya no era el mismo. No podía caminar ni hablar, aunque su mente seguía intacta. Cuando fui a recogerlo, uno de los empleados me ayudó a levantarlo y sentarlo en el asiento del pasajero de mi nuevo Honda Civic. Luego dobló la silla de ruedas y la colocó en el asiento de atrás porque el baúl era demasiado pequeño. Mamá se sentó detrás.

De regreso a casa, nos detuvimos en un semáforo y mi padre vio a una mujer muy arrugada conduciendo el carro de al lado. Era mucho mayor que él. Empezó a hacer sonidos para llamar mi atención. Cuando por fin miré hacia donde señalaba, apuntó varias veces a la mujer y luego a sus propias piernas, inmóviles. Después se llevó el dedo índice a la sien, como si fuera una pistola, e imitó un disparo.

—Vas a estar bien, papá. Esto es temporal. No puedes pensar así.

Negó con la cabeza, con lágrimas corriéndole por la cara, y golpeó la puerta con el puño.

Mi padre permaneció en silla de ruedas durante casi un año, sin poder hablar. Nunca había sido un hombre religioso, pero un día, para sorpresa de las enfermeras del centro de rehabilitación al que lo llevaba, descubrió que podía cantar el *Ave María*. Todas lloraron al oírlo.

Desde entonces, en las reuniones familiares le decíamos:

—Vamos, papá. Canta *Ave María*.

Y él lo hacía, siempre.

—¡Muy bien! —le decíamos aplaudiendo—. Ya verás, papá. Pronto vas a volver a hablar.

Pero nunca volvió a hablar ni a caminar.

Un segundo derrame cerebral le costó la vida poco después de cumplir sesenta años.

Mi madre cayó en una depresión profunda después de su muerte, semejante a la que había sufrido cuando yo era niña y había intentado quitarse la vida. Mi padre fue el único hombre al que amó en toda su vida.

Un día me dijo:

—No puedo vivir sin tu padre. No puedo. Todos ustedes ya son adultos, están casados. Ya no me necesitan.

Todos los recuerdos de mi infancia me cayeron encima de golpe. No podía permitir que aquello volviera a repetirse. La miré en silencio, con el rostro torcido por la rabia.

—Mamá. Durante muchos años he guardado dentro de mí lo que voy a decirte —le dije, respirando hondo—. Me ha consumido por dentro, pero ya no más. ¿Recuerdas el día en que intentaste matarte? Yo tenía seis años. Quería verte, quería contarte cómo me había ido, y en lugar de eso tuve que salir corriendo a pedir ayuda a los vecinos. Durante años tuve pesadillas. Eso cambió mi vida de una manera que nunca imaginaste. Nunca quise volver a amar a nadie. Amaba a mi padre y se fue de Cuba. Te amaba a ti y traté de dejarte. Amaba a mi tía Berta, a su familia, a mis amigos en Cuba, y también tuve que dejarlos. Amaba a mi abuela y ella también se fue. Me dije que no volvería a amar a nadie porque, al final, todos se van. Así aprendí a sobrevivir: no acercándome de verdad a nadie, ni siquiera a mi esposo ni a mi hijo. No puedo seguir viviendo con el miedo de que tú también te vayas antes de tiempo. ¡No más!

Cuando terminé, me miró largamente, como si no encontrara palabras.

—Nunca supe que todavía recordabas aquello. ¿Por eso eras tan distante?

Bajé la mirada.

—¿Así que te alejaste de mí porque me amabas? —preguntó—. No querías que te hiciera daño otra vez.

Respiró hondo y negó con la cabeza.

—He estado tan equivocada durante todos estos años. Siento muchísimo haberte hecho pasar por eso. Quise creer que lo habías olvidado. Mi pobre hija. Qué carga tan grande has llevado encima.

Se acercó y me abrazó.

Capítulo 18 – Papá

—Quiero prometerte algo —dijo—. Ésta es la última vez que te digo que quiero dejar este mundo. Ahora entiendo cuánto me necesitas.

Y cumplió su palabra.

Me sorprendió ver cómo siguió adelante con el negocio de mi padre. El esposo de mi hermana todavía trabajaba allí y asumió muchas de las tareas que antes hacía él, gracias a todo lo que había aprendido a su lado, mientras mi madre buscaba clientes e incluso aprendió a medir. Seguía sin saber conducir. Mi padre la había asustado tanto cuando intentó enseñarle que nunca se atrevió a volver.

A veces, al salir del trabajo o los fines de semana, yo la acompañaba a las casas de los clientes. Mis hermanos también la ayudaban cuando podían. Los clientes se sorprendían al ver a una mujer mayor, enferma y con un acento fuerte, tomando medidas para trabajos de cristal. Pero mi madre era fuerte, terca e ingeniosa. Se negaba a depender de nadie, ni siquiera de sus hijos.

Su salud, sin embargo, empezó a deteriorarse con rapidez tras la muerte de mi padre. Le costaba respirar y tenía ataques de tos. Ni siquiera la cánula de oxígeno que llevaba en la nariz evitaba que se le pusiera morada durante esos episodios. Los médicos ordenaron múltiples pruebas para averiguar la causa. Aun así, ella seguía trabajando y visitando clientes.

Cuatro años después de la muerte de mi padre, le diagnosticaron tumores carcinoides pulmonares, una forma poco común de cáncer. Buscamos varias opiniones médicas sobre cuánto tiempo le quedaba.

—Seis meses —coincidieron todos.

No había tratamiento conocido para su enfermedad.

Capítulo 18 – Papá

Mis hermanos y yo quedamos devastados. Un sábado por la mañana, poco después del diagnóstico, mi madre me llamó.

—Tenemos que empezar a escribir mi historia —me dijo—. No hay tiempo que perder.

—¡Eso es lo último en lo que deberías pensar! —protesté—. Quiero que te pongas bien.

—Sé cuánto me quieren tú y tus hermanos, pero su amor no puede salvarme. No esta vez. Tenemos que concentrarnos en escribir mi historia. Quiero que me prometas que un día la publicarás. El mundo tiene que saber lo que nos pasó en Cuba.

—Está bien. Te lo prometo.

Empecé a reunirme con ella tan a menudo como me lo permitía el tiempo, y ella, por su parte, comenzó a escribir sobre su vida en cuadernos y cartas. Yo trabajaba entonces como gerente de finanzas en el Tampa General Hospital y, después de escuchar día tras día historias de milagros médicos, me negaba a aceptar que iba a morir.

Necesitaba hacer algo. Necesitaba un milagro.

En mis frecuentes noches de insomnio, me sentaba en el sofá mientras Phil y Phil Jr. dormían, abría la computadora portátil e investigaba febrilmente sobre su diagnóstico: tumores carcinoides de pulmón. Leí cuanto artículo encontré y copié cientos de páginas de estudios. Cuando ya estaba empezando a desesperarme, encontré información sobre Sandostatin, unas inyecciones nuevas que estaban ayudando a pacientes con carcinoides intestinales, aunque todavía no había ensayos que incluyeran casos de carcinoides pulmonares.

Llevé todo aquel material al doctor Fields, el nuevo oncólogo de mi madre. Tenía consulta en la avenida Armenia. Era joven, de origen chino y extraordinariamente amable. Si de verdad mi madre iba a morir, yo preferiría que estuviera en manos de un médico compasivo. Ni a ella ni a mí nos había gustado la actitud derrotista del oncólogo anterior.

—¿Podría probar estas inyecciones? —le pregunté.

Me miró con compasión y me abrazó. Era el médico más afectuoso que había conocido: abrazaba a sus pacientes y también a sus familiares. Después comprendí por qué. Su propia madre había sufrido cáncer y había muerto por esa causa.

—Tania, esto no está aprobado para su enfermedad específica. Lo siento mucho.

—Doctor Fields, si fuera su madre, ¿no haría todo lo posible por salvarla? ¿No lo intentaría siquiera? Por favor, lea esto. Mire aquí —le dije, mostrándole un párrafo subrayado.

Lo leyó rápido. Respiró hondo y asintió.

—Tienes razón. Yo habría hecho lo imposible por mantener viva a mi madre. Voy a recetarle las inyecciones y pediré a mi personal que pelee con el seguro. Va a ser difícil, porque este tratamiento no está aprobado para su caso.

Ese momento cambió la vida de mi madre.

Las inyecciones le prolongaron la vida durante años, mucho más de lo que habían pronosticado. Fue la segunda vez que la salvé. Bueno: el doctor Fields y yo. Años después supimos que el caso de mi madre sería estudiado por otros médicos y que Sandostatin acabaría convirtiéndose en el tratamiento de elección para los carcinoides pulmonares.

La muerte de mi padre y la enfermedad de mi madre transformaron a mi familia. Era como si parte del pegamento que la mantenía unida se hubiera derretido. Mi hermano se divorció de su primera esposa porque no pudieron tener hijos. Mi hermana también se divorció.

Un par de años después, Gustavo y su exesposa comprendieron que no podían vivir separados. Volvieron a casarse y, gracias a la inseminación artificial, tuvieron gemelos. Mi madre fue la abuela más feliz del mundo cuando nacieron. Algunos años más tarde conocería también a otra nieta. Mi hermano había dejado embarazada a una muchacha cuando ella tenía diecisiete años y solo supo de aquella hija después de que nacieron los gemelos. La niña era ya casi adolescente cuando conoció a su padre.

Las inyecciones mensuales de Sandostatin le permitieron a mi madre ver crecer a sus seis nietos y ver triunfar a sus hijos en América. Con el tiempo, mi hermana conoció a un hombre descendiente de irlandeses, con tres hijos de un matrimonio anterior, y se casó con él. Curiosamente, vivía al lado de la casa de mi hermano, en una preciosa comunidad. Para entonces, ella llevaba años trabajando en facturación y en registros médicos en un hospital de Tampa.

Mi hermano, con todo lo que había aprendido ayudando a mi padre en el taller, consiguió un empleo como gerente en una compañía de cristales. Siguió perfeccionando sus conocimientos y hasta desarrolló un programa especial para calcular los precios de los trabajos. Con los años, gracias a sus habilidades, apareció en revistas especializadas de su industria.

Yo, por mi parte, seguía teniendo la misma hambre de aprender. Una vez que entré en la universidad, solo quise seguir avanzando. Terminé dos maestrías, lo que me permitió convertirme en directora financiera de un hospital. Aun así, nunca dejé de ahorrar, por mucho que progresara en mi carrera.

Capítulo 18 – Papá

Cuando el mercado de bienes raíces residenciales comenzó a desplomarse, alrededor de 2007, Phil y yo ya habíamos terminado de pagar nuestra casa. En 2010, el mercado estaba inundado de *short sales* y empezamos a invertir en propiedades residenciales.

Mi madre permaneció durante años en su casita de Town & Country. No quería irse porque ese hogar le recordaba a mi padre. Pero, a medida que su salud empeoraba, conseguí convencerla de mudarse a una casa de mampostería. Quería que tuviera una casa bonita antes de morir.

Escribí lo siguiente sobre el último día que vivió en aquella casa. Para entonces yo tomaba clases de escritura creativa en la Universidad del Sur de la Florida. Necesitaba perfeccionar el arte de escribir ficción para cumplir su deseo. Ese ensayo, titulado "El Taller", obtuvo la nota máxima.

El Taller

Hoy estoy abriendo el taller de papá, el lugar que evité durante siete años después de su muerte prematura, el lugar que nació años atrás, cuando recibió diez mil dólares como compensación tras que un enorme cajón de cristales le cayera sobre la espalda y casi lo matara.

Cuando abro las dobles puertas de madera, emiten un crujido que me recorre los huesos. Entro despacio. Todo sigue como lo recuerdo, salvo por las gruesas capas de polvo y los intrincados dibujos de telarañas que cubren ventanas, techos y máquinas.

Frente a mí está la gran mesa rectangular, recubierta de alfombra, sobre la que colocaba los espejos para poder maniobrarlos con facilidad. Fue allí donde creó cisnes de cristal, relojes y recipientes que vendió a empresas de catering, clientes privados, hoteles e incluso bares donde bailaban mujeres desnudas. Papá no discriminaba.

Todavía recuerdo su sonrisa el primer día en que recibió un cheque de mil dólares de un hotel cerca del centro. Nos llevó a todos a un restaurante de mariscos en Clearwater Beach para celebrarlo. Yo estaba tan orgullosa de él. Se sentó frente a mí, bebiendo Michelob Light y fumando cigarrillos More Menthol. El humo levantó una barrera entre nosotros, pero su felicidad la atravesaba y me envolvía como un torbellino, haciéndome sentir, de un modo extraño, a salvo.

Miro el piso de cemento y veo varias colillas. Luego vuelvo la vista hacia la mesa, donde una botella de cerveza vacía parece haber esperado su regreso durante siete años. Tomo una escoba y empiezo a limpiar las telarañas de las paredes y del techo, mientras recuerdo por qué he venido.

Entonces se me forma un nudo en la garganta.

Estoy aquí para borrar este lugar.

Para sacar cada máquina, cada pedazo de espejo, cada herramienta de corte de cristal, incluso la mesa donde trabajó. Mi propósito es hacer desaparecer el sitio que alimentó a mis padres durante años después de que me fui de casa. Un contratista va a comprar el taller y la casa para convertirlos en apartamentos y alquilárselos a personas que nunca conocerán su historia.

Queremos mudar a mamá, que ahora está enferma y vieja, cerca de sus hijos porque, de alguna manera, ellos se han vuelto adultos y ella, la niña. Al principio no quería vender. Quería aferrarse a los recuerdos de mi padre, al lugar que compartieron durante tantos años. Pero conseguí convencerla de que era lo mejor. Le dije que un taller sucio no iba a devolverle a mi padre.

Nunca imaginé que, después de limpiarlo, lo más difícil sería cerrar sus puertas por última vez.

Capítulo 19 – Mamá

Desde que llegamos a los Estados Unidos, mamá siempre había vivido en casas viejas de madera porque era lo único que podía permitirse. Ese tipo de construcción empeoraba sus alergias y hacía cada vez más difícil controlar sus problemas respiratorios.

Un día encontré una pequeña casa de mampostería en venta y, apenas la vi, pensé en ella. Tenía dos dormitorios, dos baños, un pequeño cuarto para la lavadora y la secadora, y una cocina acogedora con una barra donde cabían tres taburetes. También contaba con un *lanai* que daba a un patio cercado, perfecto para que sus nietos jugaran seguros.

Sin perder tiempo, llamé al agente de bienes raíces y concerté una cita. Me moría de ganas de enseñársela.

Un par de días después, cuando cruzamos juntas la puerta de aquella casita en Carrollwood, mamá levantó las cejas y abrió los ojos con asombro.

—¿Estás segura de que puedo pagar algo así? Está preciosa.

—Está quince mil dólares por encima de lo que querías gastar —le expliqué—, pero yo puedo darte la diferencia.

Ella negó con la cabeza de inmediato.

—No. No voy a aceptar dinero ni de ti ni de ninguno de mis hijos —respondió con firmeza, aunque la última palabra se le perdió en medio de un ataque de tos.

Me acerqué para darle unas palmaditas en la espalda hasta que logró recuperar el aliento.

—Mamá, por favor. Quiero ayudarte. Sé cuánto te gusta esta casa.

Ella recorrió el lugar con la mirada antes de responder.

—La verdad es que nunca imaginé vivir en un sitio así —admitió finalmente—. Pero eso no significa que vaya a depender de mis hijos.

—Déjame ayudarte. No hay nada más que discutir. Yo pongo lo que falta.

—Corrección —me interrumpió levantando un dedo—. Me lo prestas. Y te voy a devolver cada centavo. Necesito sentir que esto también lo logré por mí misma.

Respiré hondo antes de asentir.

—Está bien. Te lo presto.

—¡Y quiero papeles firmados! —añadió enseguida—. Si algún día me pasa algo, no quiero problemas entre tú, tu hermano y tu hermana por ese dinero.

—Eso jamás pasaría, mamá. Nos criaste demasiado bien para eso.

Mis palabras parecieron sorprenderla por un instante.

—Bueno, hice lo mejor que pude —respondió encogiéndose de hombros—. Aunque algunos de ustedes, y no voy a mencionar nombres, salieron más cabezones que otros.

—¿Todavía estás molesta porque me casé con Phil? —le pregunté sonriendo.

Ella negó lentamente con la cabeza.

Capítulo 19 – Mamá

—No. Pero todavía me duele no haberte visto vestida de novia —dijo mientras cruzaba los brazos.

—¿Y cuánta gente gasta una fortuna en bodas y vestidos hermosos para terminar divorciándose después? Entonces, ¿de verdad es tan importante?

—Para mí sí —contestó con absoluta convicción—. Y nunca vas a convencerme de lo contrario.

—¿Y después dices que la cabezona soy yo?

Las dos terminamos riéndonos.

Todo quedó decidido. Le di el dinero adicional para la casa, aunque yo sabía que ella estaba en condiciones de devolvérmelo. Pero hacerlo habría significado privarse de cosas esenciales, y yo no pensaba permitirlo. Le pedí los datos de su cuenta bancaria y empecé a hacerle pequeñas transferencias.

Un día me preguntó:

—¿Por qué tengo más dinero en la cuenta de lo que deposito?

—¿Y por qué me lo preguntas a mí?

—Por favor, deja de hacerlo. No me hagas ponerme brava contigo.

—¿Y por qué piensas que fui yo? A lo mejor fue mi hermano.

Ella sacudió la cabeza.

—No me gusta que hagas eso. Me enfurece.

Pero también sabía que era inútil pedirme que dejara de hacerlo.

Cuando mi padre vivía, mamá casi nunca salía de la ciudad, porque el dinero no alcanzaba. Años antes, cuando Phil y yo empezamos a viajar por el mundo, a ella le fascinaba saberlo todo sobre mis viajes. Incluso me hizo escribir un diario y compartirlo con ella por correo electrónico.

—Estoy navegando por el Danubio en un crucero Viking —le escribía.

Capítulo 19 – Mamá

—Cuéntame más. ¿Qué ves? —me respondía, feliz.

Yo sabía cuánto deseaba ver el mundo, así que empecé a reservarle algunos viajes. Uno de ellos fue un crucero a las Bahamas para ver al cantante cubano Willy Chirino.

Nunca la había visto tan feliz como aquella noche, sobre todo cuando Willy cantó **"Ya viene llegando"**, una canción que mantenía viva la esperanza de una Cuba libre. La manera en que sonreía y levantaba los brazos, cantando con el resto del público; la forma en que se movía al ritmo de la música; el modo casi milagroso en que su tos desapareció durante el concierto... todo me hizo pensar que, en su mente, aquellas canciones la habían transportado a nuestra casa de la calle Zapote. Pero no a la casa que dejamos atrás al irnos, sino a la que existía en su imaginación: recién pintada, sin paredes peladas ni techos manchados de humedad, sostenida por vigas de madera. La veía en el portal, sirviéndoles café con leche a sus nietos. Ya no necesitaba la libreta de racionamiento para comprar comida. Podía salir y entrar al país cuando quisiera, sin restricciones del gobierno, y hablar sin esconderse en un cuarto sin ventanas.

Ésa era la Cuba a la que mi madre viajaba mientras cantaba.

Siempre había soñado con ver París. Me puse en contacto con una agencia de viajes y me emparejaron con una señora viuda. Mamá organizó sus medicamentos y habló con su médico antes de partir. Al principio tuvo miedo. Pensaba que su salud le haría el viaje demasiado difícil. Pero, al mismo tiempo, la preparación de aquel viaje la llenaba de vida.

Fue a Europa, pasó un par de noches en París y luego siguió a otras ciudades. Cuando regresó, me enseñó las fotos de todos los lugares que había visitado. Había una en particular que me conmovió: una foto nocturna de la Torre Eiffel iluminada. Mamá llevaba un abrigo grueso, sonreía y señalaba la torre mientras el viento le alborotaba el cabello. La felicidad que irradiaba la hacía parecer diez años más joven.

Unos meses después, Phil y yo llevamos a España a mi madre y a mis suegros, porque ella quería conocer el lugar donde había nacido su padre.

Ese viaje casi me costó la vida.

Volamos a Madrid, donde nos quedamos un par de noches, y desde allí tomamos un autobús turístico por varias ciudades del sur de España. Dormíamos cada noche en un sitio distinto: Sevilla, Córdoba, la Costa del Sol e incluso Gibraltar.

Cuando llegamos a Sevilla, el calor era insoportable: ciento siete grados Fahrenheit. Yo iba arrastrando una maleta grande hacia la entrada del hotel, junto con otros pasajeros. Delante de mí había una puerta giratoria y, justo antes de ella, una alfombra. Mi pie se enganchó en la alfombra y caí al suelo, con parte del cuerpo ya dentro de la puerta giratoria.

Todo ocurrió en segundos.

La gente a mi alrededor se quedó paralizada. Algunas mujeres gritaron. Phil me vio en el suelo y también vio cómo la puerta se acercaba. Se lanzó contra ella para intentar detenerla. Empujó con la espalda todo lo que pudo, pero el mecanismo de seguridad que debía frenar la puerta no funcionó. En un instante comprendió que estaba perdiendo la batalla y pensó que nos aplastaría a los dos. Aun así, siguió empujando, tratando de protegerme con el cuerpo. Luego cerró los ojos, me abrazó y esperó lo peor.

Capítulo 19 – Mamá

De pronto, la puerta se detuvo. Se detuvo justo antes de aplastarnos. Mi madre y los demás pasajeros habían presenciado todo con horror.

Durante el resto del viaje me convertí, sin quererlo, en una especie de celebridad dentro del grupo. El día de la caída, mientras yo estaba sentada en un sofá del vestíbulo del hotel, con la rodilla hinchada y amoratada, Phil y mi madre se sentaron a mi lado. Frente a nosotros, Phil Jr. jugaba con Legos en una mesa grande.

Entonces mi madre miró a Phil y le dijo:

—Gracias por arriesgar tu vida por Tania. Eres un buen hombre, y ella tiene suerte de tenerte.

Después de eso, nunca volvió a cuestionar mi decisión de casarme con él.

Capítulo 20 - Mi nuevo hogar

Es el año 2011. Rio había fallecido en el 1997, pero aún lo extrañaba como si hubiera sido ayer.

En este día, estoy sentada en un sofá, mirando a una pareja joven que trabaja en mi jardín. Ella es muda. Él muestra signos de retraso mental, pero ambos juegan entre sí mientras recogen hojas en mi césped. Ya no puedo hacerlo porque mi condición ha empeorado, aún más ahora que decidí dejar las inyecciones de Sandostatin. Aunque no quiera, envidio un poco la felicidad de esa pareja. Se necesita tan poco para ser feliz. Sin embargo, insistimos en encontrar razones para no serlo.

El día que decidí dejar las inyecciones, Tania me gritó cuando salimos del consultorio de mi médico:

— ¿Por qué, mamá? Sabes que te vas a morir si no te inyectas.

Le sonreí.

—Ya no puedo más, cariño. Tienen muchos efectos secundarios. Provocaron mi diabetes y mírame. Mi corazón ya no funciona bien. Estoy inflamada siempre. Además, tengo setenta y dos años. He tenido una vida larga y hermosa. Tengo niños asombrosos y nietos maravillosos. Le estoy tan agradecida a Dios por estas cosas.

—Pero te necesitamos, mamá—dijo, con los ojos llenos de lágrimas.

—Mi Tania, mi dulce, cabezona y buena Tania. Qué pena que durante tantos años no haya podido comprenderte. Ya no me necesitas, mi amor—le dije.

Ella miró hacia otro lado. Podía oír su respiración irregular y noté que se limpiaba su rostro antes de volverse hacia mí.

— ¿Tienes hambre? —me preguntó—. ¿Qué te gustaría comer? Quiero comprarte lo que más te guste.

Tania llevó su dedo índice a la cara y se secó otra lágrima.

—Cómprame un bistec empanizado. Eso es lo que quiero—dije.

Ella forzó una sonrisa.

—Por supuesto, cualquier cosa, mamá —dijo, con la voz quebrada y me llevó a un restaurante.

Ese fin de semana, Tania me convidó a la segunda casa que ella y Phil habían comprado. Mantenían su pequeño negocio de casas de alquiler mientras continuaban con sus trabajos regulares: Tania, como directora de contabilidad, y Phil, como administrador de contratos. Cuando entré en la casa, llevaba conmigo un tanquecito de oxígeno conectado a mis fosas nasales mediante una cánula. Uno de los trabajadores estaba pintando las paredes de un color crema claro.

—La casa se ve hermosa, como la primera casita de alquiler que ustedes compraron. No puedo creer que mi hija sea una mujer de negocios como yo.

—Tú me enseñaste bien, mamá.

—Claro que sí—dije con orgullo—Qué lástima que tus hermanos no tengan un negocio también.

Capítulo 20 - Mi nuevo hogar

—Lo tendrán, mamá —dijo—. Un día, lo tendrán. No te preocupes.

—Estoy orgullosa de ti, Tania. Ahora, puedo morir en paz.

— ¿Por qué dices eso? ¡Deja de hablar así!

Cambié de tema, pero, sabiendo cómo me sentía, me di cuenta de que debía apresurarme. Había tantas cosas que no había compartido con Tania.

Me fui a casa, saqué uno de mis cuadernos y comencé a escribir. Mi tiempo se estaba acabando.

Ahora, sentada junto a mi ventana, mirando hacia esta pareja, dándome cuenta de que los días que me quedan en este mundo son pocos, los recuerdos brillan ante mis ojos. Rio y yo peleamos por tantas cosas pequeñas durante los pocos años que estuvimos juntos, cuando teníamos tanto que agradecer. La vida pasa tan rápidamente. Un día, Rio y yo montábamos en su motocicleta en El Malecón de La Habana, a toda velocidad. Éramos jóvenes y felices, aunque no temíamos nada. La cálida brisa del mar Caribe acariciaba nuestros cuerpos, mientras las olas salpicaban las rocas. Un tiempo después, nuestros tres pequeños tesoros vinieron al mundo, uno detrás del otro. Quería que crecieran en un país libre. ¿Y quién no quiere lo mejor para sus hijos? Esa decisión tomó doce años de mi vida, pero tuve algo que Rio no pudo disfrutar. Tuve la suerte de ver a mis hijos decir sus primeras palabras, dar sus primeros pasos, escribir sus primeras letras.

La vida consiste en vislumbres temporales de felicidad, por lo que se debe amar con intensidad y dejar una marca en el mundo. Su naturaleza efímera no debe ser temida, sino abrazada con cada fibra de nuestro ser, con el conocimiento que el mañana no nos pertenece, pero podemos moldearlo con simples gestos de bondad. A veces, sin embargo, las cosas más simples las aprendemos demasiado tarde.

Capítulo 21 – El baile

Mi madre nunca me pidió nada, pero un día me dijo:

—Nunca me lleves a un asilo de ancianos. Quiero morir aquí, rodeada de estas paredes.

La serenidad de su tono, su voz apagada y la resignación en su mirada sonaron en mí como el eco de una premonición.

Compartí mi inquietud con Lynette y Gustavo, y acordamos pasar todo el tiempo posible con ella, sobre todo con mi hermano, que trabajaba más cerca de su casa. Un día, cuando pasé por allí después del trabajo para llevarle una bolsa con víveres, me pidió que me sentara a su lado. Tenía algo importante que decirme.

—¿Le pasa algo a tu hermano? —me preguntó en cuanto nos sentamos en su sofá verde.

—¿Por qué me preguntas eso?

—Porque viene todos los días, me trae el almuerzo y se queda hablando conmigo una hora.

—¿Y qué tiene eso de raro? —le respondí—. Es un buen hijo.

Hizo un gesto impaciente con la mano.

—Gustavo nunca había hecho eso antes. Está escondiendo algo. Creo que él y su esposa tienen problemas. Al fin y al cabo, están en su segundo matrimonio.

Capítulo 21 – El baile

Si la primera vez no funcionó, ¿qué les hace pensar que esta vez sí?

—No, mamá. Se quieren mucho. Se dieron cuenta de eso cuando se divorciaron por primera vez. Ahora tienen dos hijos y son muy felices.

Ella negó con la cabeza.

—Aun así, creo que me está ocultando algo.

—Mientras más vieja te pones, más cómica te encuentro —le dije.

Se cruzó de brazos.

—No estoy bromeando. Algo anda mal. Tú todavía crees que lo sabes todo, pero yo soy más vieja y más sabia que tú.

Me reí.

—Claro que sí, mamá. En eso estamos completamente de acuerdo.

—No entiendes —dijo—. Soy su madre. Si alguno de mis hijos tiene un problema, yo debería saberlo.

Le di un beso en la mejilla y volví a asegurarle que Gustavo estaba bien, pero no logré convencerla.

Aquella noche, mientras preparaba la cena para Phil y Phil Jr., mamá y yo volvimos a hablar, como hacíamos cada día. Me contó que había hablado con mi hermano y que, aun después de escucharlo repetir lo mismo que yo le había dicho, seguía convencida de que algo andaba mal en su matrimonio. Cuando por fin conseguí cambiar de tema, dijo algo que me inquietó aún más.

—Anoche soñé con mi madre —me dijo—. Me dijo que todo iba a estar bien. No sé si se refería a Gustavo.

Hizo una pausa.

—Mi padre estaba de pie a su lado, pero no vi a Río —continuó—. Lo extraño, Tania. Debiste haber visto a tu padre cuando lo conocí: con las botas sobre el escritorio, el cuerpo delgado y esos ojos de ensueño que volvían locas a todas las mujeres. Estaba fuera de mi alcance, ¿sabes? Pero no pude evitarlo. Me enamoré de él en cuanto lo vi. En aquel tiempo salía con otra muchacha y hasta pensaba en casarse con ella. Pero cuando ella le dijo que no podía darle una familia, la dejó. Fue entonces cuando se fijó en mí.

Luego habló de su hermana, Berta.

—¡Qué mal genio tiene! —dijo—. No sé cómo su esposo puede soportarla.

Yo sabía que no lo decía porque realmente no lo pensara. A mamá le gustaba exagerar, decir boberías. Pero sus actos siempre revelaban lo que llevaba en el corazón. Yo sabía sobre sus donaciones a hospitales infantiles como St. Jude y Shriners, y recordaba la fiesta de quince años que le organizó en Cuba a una muchacha cuya madre padecía esquizofrenia y cuyo hermano, mudo y con problemas mentales, vivía hacinado con el resto de la familia en un apartamento de un solo cuarto. Mamá había tomado parte del poco dinero que ahorraba traficando en el mercado negro para regalarle a aquella niña una noche inolvidable.

Ésa era mi madre.

Un ángel enviado por Dios.

Una rosa floreciendo en medio de un jardín vacío.

Una noche, Phil y yo nos quedamos despiertos hasta tarde viendo un programa en HBO. Cerca de la una de la madrugada, el teléfono sonó de repente y el sonido atravesó el silencio de la casa como un mal presagio.

Contesté todavía adormecida.

—¿Tania? —preguntó una voz masculina.

—¿Sí?

—Soy yo, Gustavo —respondió con la voz quebrada—. Estoy con mamá.

El corazón se me detuvo.

Capítulo 21 – El baile

—¿Qué pasó?

Escuché respiraciones agitadas al otro lado de la línea antes de que mi hermano respondiera.

—Los paramédicos están aquí. Se la llevan al hospital. No está respirando. Por favor, no manejes sola. Dile a Phil que te lleve. Te espero allá.

Sentí que el mundo comenzaba a derrumbarse alrededor de mí.

—¡Dios mío! ¡Dios mío! No... mamá no. Dime que no es verdad. ¡Dime que no es verdad!

Mi hermano guardó silencio unos segundos, como si estuviera luchando por mantener el control.

—Date prisa. Lynette ya va en camino.

Y colgó.

Corrí desesperada hacia el dormitorio.

—Phil, tengo que ir al hospital. Se llevaron a mi mamá en una ambulancia. Quédate aquí con Phil Jr.

No reaccionó. Dormía profundamente. Tuve que sacudirlo varias veces antes de que abriera los ojos.

—¿Qué pasa? —preguntó bostezando, todavía confundido.

—Ella no está respirando.

—¿De qué estás hablando? ¿Quién?

—¡Mamá!

Phil se incorporó de golpe y me abrazó de inmediato.

—Oh, no... Lo siento muchísimo, mi amor. Déjame ir contigo.

—Ven más tarde —le dije mientras intentaba contener las lágrimas—. Duerme un poco más.

No esperé respuesta. Fui directamente al baño, me lavé la cara con agua fría y traté de respirar. Tenía que salir enseguida.

Durante los días siguientes, mi madre quedó suspendida entre la vida y la muerte. Los médicos la mantuvieron en un coma inducido y, después de algún tiempo, decidieron retirarle el respirador, aunque nadie podía decirnos qué ocurriría después.

Una noche, mientras estábamos sentados en silencio en la sala de espera del hospital, Gustavo habló por fin.

—Vamos a tener que poner a mamá en un asilo.

Sus palabras me atravesaron como un cuchillo.

—Nadie va a sacar a mamá de su casa —respondí con dureza.

—Pero no sabemos en qué condiciones quedará si despierta —insistió—. Ninguno de nosotros puede cuidarla todo el tiempo. Todos trabajamos.

Sentí que las lágrimas me ardían detrás de los ojos.

—Aunque tenga que gastar todos mis ahorros para pagarle a alguien que la cuide en su propia casa, lo haré —dije antes de romper a llorar.

Mi hermano bajó la mirada y guardó silencio.

Lynette, que rara vez me veía derrumbarme, se acercó enseguida para abrazarme. Mientras me acariciaba la espalda tratando de calmarme, miró a Gustavo y le dijo:

—Deja de molestar a mi hermanita.

Así me llamaba desde que éramos niñas, aunque yo fuera la mayor.

Mi hermana casi siempre tomaba mi lado en cualquier discusión, pero Gustavo tenía el corazón más noble de los tres. Había heredado de mi padre la apariencia fuerte, la voz firme y la capacidad de soportarlo todo sin quejarse, aunque por dentro fuera tan sensible y dulce como una natilla.

No volvimos a discutir sobre el destino de mi madre si lograba salir del hospital.

Capítulo 21 – El baile

Finalmente llegó el día en que los médicos iban a desconectar a mamá de la máquina que la ayudaba a respirar. Gustavo, Lynette y yo habíamos hablado con varios especialistas para asegurarnos de que aquella era la decisión correcta, pero al final no nos quedó más remedio que confiar en su criterio.

Ese día llamamos también a su primo Rogelio, a quien mamá quería como a un hermano, por si despertaba y podía hablar con él. Mi tía Berta venía manejando desde Miami, pero los médicos insistieron en que no podíamos esperar más.

Cuando comenzaron a retirarle el tubo, los tres nos tomamos de las manos y empezamos a orar en silencio. Sus nietos aguardaban en la sala de espera junto a mis suegros, mientras nosotros observábamos a mamá con el corazón suspendido entre el miedo y la esperanza.

Entonces ocurrió algo inesperado.

Apenas la desconectaron, mi madre inhaló profundamente.

—¿Mamá? —preguntó Gustavo acercándose a ella—. ¿Estás bien?

Ella abrió los ojos lentamente.

—Sí... lo estoy —respondió con voz débil—. ¿Qué pasó?

El médico y la enfermera presentes en la habitación parecían tan sorprendidos como nosotros.

—Mamá, tú moriste y regresaste —dijo Lynette, todavía en shock.

Mi madre frunció ligeramente el ceño y miró la mano de Gustavo.

—¿Y por qué tienes el teléfono en la mano?
—Porque tu primo está al teléfono.
—¿Rogelio?
—Sí.

Capítulo 21 – El baile

—Dámelo.

El doctor intercambió unas palabras rápidas con mi hermano antes de salir de la habitación. La enfermera le tomó la presión a mamá y luego nos dijo:

—Alguien la estará monitoreando constantemente, pero si necesitan algo, presionen el botón.

En cuanto salieron, mamá se llevó el teléfono al oído.

—Rogelio, por lo que tengo entendido, la vida acaba de darme otra oportunidad.

Su voz sonaba tranquila, incluso alegre, como si acabara de despertar de una larga pesadilla y descubriera que nada malo había ocurrido realmente.

—Antes de perder esta nueva oportunidad, necesito decirles a todos lo que llevo en el corazón. Y esta vez no quiero discusiones. Tú serás el primero, Rogelio. Siempre has sido como un hermano para mí, pero cuando yo me vaya de este mundo, quiero que te mudes a Miami con tu familia. La familia es lo más importante que existe.

Hizo una pausa breve y luego añadió con ternura:

—Vamos, chico, no llores. Éste es un momento feliz. Ya regresé del más allá.

Hablaron durante varios minutos más. Cuando terminaron, mamá devolvió el teléfono y anunció con firmeza:

—Ahora quiero hablar a solas con cada uno de mis nietos.

—¿Por qué? —pregunté, confundida.

—Porque no es asunto tuyo —respondió sin titubear—. Ustedes tienen su manera de criar a sus hijos y yo tengo la mía.

—Lo que tú quieras, mamá —dije rápidamente, haciéndoles señas a mis hermanos para evitar cualquier discusión.

Capítulo 21 – El baile

—Sí, capitana Laura —bromeó Lynette, intentando aliviar la tensión.

Mi madre pasó el resto de aquel día y parte del siguiente hablando en privado con cada uno de sus hijos y nietos. A todos les dijo lo que esperaba de ellos después de su muerte y les hizo prometer que jamás revelarían el contenido de aquellas conversaciones.

Cuando llegó mi turno, volvió a insistirme en algo que ya me había repetido muchas veces:

—Quiero morir en mi casa, sin importar lo que diga Gustavo.

Le aseguré nuevamente que no tenía nada de qué preocuparse.

Después me recordó otro de sus grandes deseos, uno que llevaba años mencionando desde nuestra llegada a Estados Unidos.

—Hemos hablado mucho sobre mi vida, pero todavía hay cosas que nunca te conté. Todo está escrito.

—No te preocupes —le respondí—. Voy a publicar tu historia.

Ella asintió lentamente.

—Es importante que lo hagas. Y no vendas mi casa. Alquílala. Si mis nietos necesitan ayuda, usen ese dinero como crean conveniente. Pero nunca olviden mi regla: no les den el pescado a sus hijos; enséñenles a pescar.

—No lo he olvidado.

—Y cuida a tus hermanos. Nunca permitan que el dinero o los problemas los separen. Pase lo que pase, manténganse unidos.

—Lo haremos, mamá.

Permaneció callada unos segundos antes de suspirar.

—Si al menos ellos hubieran creado sus propios negocios...

Capítulo 21 – El baile

—Nunca es tarde —intenté animarla—. Todavía hay tiempo.

Ella guardó silencio por un momento más y luego añadió algo que me hizo estremecer.

—Hay otra cosa que necesito decirte antes de que se me olvide. Ya pagué mi ataúd y dejé dinero para el funeral. No quería convertirme en una carga para ustedes. Y después de morir... sé que esto te va a parecer extraño... voy a hacerte sentir mi presencia. Debes estar atenta. Tú podrás sentirme, aunque tus hermanos no.

La miré desconcertada.

—Sé que tú crees en los espíritus, mamá, pero yo no. Y honestamente... eso que acabas de decir suena bastante espeluznante.

—Cuando vuelva a ti, lo sabrás —dijo con un suspiro suave—. Nos une algo muy especial. Me salvaste la vida dos veces. Eres mi angelito. Y quiero que nunca olvides esto: dondequiera que esté, siempre voy a estar contigo.

Tomó mis manos entre las suyas y me sonrió con una ternura que todavía hoy puedo sentir.

—¿Tenemos que seguir hablando de la muerte? —pregunté, temiendo que la emoción terminara por quebrarme.

Ella me sostuvo la mirada.

—Todos tenemos que morir algún día —respondió con calma—. No le tengas tanto miedo a hablar de eso. La muerte es tan natural como respirar. Es bueno decir lo que el corazón siente antes de abandonar este mundo, porque así no quedan remordimientos ni palabras sin decir.

Bajé la vista, incapaz de encontrar una respuesta.

Capítulo 21 – El baile

—Ven acá, mi ángel de la guarda —susurró—. Abrázame.

Levanté lentamente la cabeza y nuestros ojos se encontraron. Entonces, con un sollozo profundo que parecía venir de muchos años atrás, me lancé a sus brazos. Aquel abrazo se prolongó largamente, como si en él estuviéramos desenterrando sentimientos que habían permanecido enterrados durante toda una vida.

A finales de otro año fiscal, mientras revisaba reportes de gastos e ingresos en el hospital —una institución con más de mil millones de dólares en operaciones anuales—, mi asistente entró a la oficina para consultarme sobre una reunión que estaba organizando.

—¿A qué hora prefieres programarla? —preguntó.

—Mejor después del almuerzo o temprano en la mañana —respondí sin apartar la vista de los documentos.

Ella asintió y salió de la oficina mientras yo continuaba comparando cifras con el presupuesto, entrando y saliendo para recoger facturas de la impresora y pidiéndoles explicaciones a varios gerentes sobre gastos que excedían lo proyectado.

Al acercarme nuevamente a la impresora, mis ojos se detuvieron por un instante en las dos fotografías que llevaba en mi credencial. En una aparecíamos Phil, Phil Jr. y yo; en la otra, mamá, papá y el resto de la familia. Me sorprendió pensar que Phil y yo llevábamos ya veintiocho años de casados.

Tanto había cambiado desde 1983.

Por primera vez en la historia de Estados Unidos, el país había elegido a un presidente afroamericano. Después de toda la propaganda política con la que crecí en Cuba, jamás imaginé ver algo así. Aunque no compartía muchas de las políticas de Obama, como ciudadana estadounidense valoraba profundamente el derecho al voto y respetaba el sistema democrático de mi país adoptivo.

Nuestro hijo ya no vivía con nosotros. Después de terminar sus estudios de posgrado en la Universidad del Sur de la Florida, se había mudado al Upper East Side de Manhattan y trabajaba en el distrito financiero de Nueva York. Tía Berta también había dejado Miami para mudarse a Orlando. Sus dos hijas tenían ya sus propias familias, y nuestra familia seguía creciendo y prosperando. Ambas habían completado estudios de posgrado: la menor se graduó como ingeniera en Duke University y la mayor se convirtió en contadora pública certificada.

De una forma u otra, todos habíamos abrazado la promesa de Norteamérica con cada fibra del alma.

Teníamos una buena vida.

Con los años, Phil y yo habíamos logrado viajar por distintas partes del mundo. Nos tomó muchísimo tiempo poder costearnos esos viajes, pero una vez que comenzamos, me enamoré de esa sensación de libertad que producía conocer otros países, otras culturas y otras maneras de vivir. A mamá le fascinaba escucharme hablar de cada viaje, como si a través de mis historias ella también pudiera recorrer el mundo conmigo.

Cuando no viajábamos, nuestra vida giraba alrededor de lo mismo de siempre: la familia y el trabajo, sobre todo. Aquel día en particular, mi única preocupación era el cierre de fin de mes y las interminables cifras que todavía necesitaba revisar antes de irme a casa.

Pero todo estaba a punto de cambiar.

Cuando sonó el teléfono, miré la identificación de la llamada. El número me resultó familiar, aunque no lograba recordar de dónde. Contesté pensando que probablemente se trataba de otro vendedor insistente de los muchos que llamaban cada día.

—¿Es usted Tania Méndez? —preguntó una mujer.

—Sí, soy yo.

—La llamamos del Hospital St. Joseph. Es sobre su mamá.

Cerré los ojos incluso antes de escuchar el resto, como si una parte de mí ya supiera lo que venía.

—Ella llamó al 911. Cuando llegó la ambulancia tuvieron que reanimarla, pero ahora está aquí. Estamos haciendo todo lo posible, aunque su condición es crítica. Debe venir de inmediato y avisar a sus familiares.

—¡Dios mío! —grité.

El auricular se me resbaló de las manos y cayó sobre el escritorio mientras yo comenzaba a llorar sin control.

—No… mamá no… Dios mío, no. Mi mamá no…

Mi oficina quedaba en la suite ejecutiva y uno de los vicepresidentes, que acababa de llegar al área, corrió hacia mí al escucharme.

—¿Está todo bien?

Negué con la cabeza. Sentía el rostro ardiéndome y las lágrimas empapándome las pestañas.

—Es mi mamá —logré decir entre sollozos—. Se está muriendo. Tengo que irme. Tengo que estar con ella.

Comencé a recoger mis cosas frenéticamente, incapaz de pensar con claridad.

—No estás en condiciones de manejar —me dijo con firmeza—. Deja tu carro aquí. Yo te llevo.

—Pero estás ocupado. No quiero molestarte.

Él negó con la cabeza.

Capítulo 21 – El baile

—Aquí somos como una familia, Tania. Y la familia está por encima de todo.

Nunca olvidé aquel gesto de bondad.

Mientras me llevaba al hospital, llamé a todos: a mis hermanos, a mi esposo, a mis suegros, a tía Berta, al primo de mamá y a mi hijo. Cada vez que repetía la noticia, volvía a quebrarme en llanto.

Mi compañero de trabajo no intervenía, pero mantenía las manos firmes sobre el volante y una expresión sombría y preocupada mientras conducía.

Cuando llegamos al hospital, se volvió hacia mí antes de que bajara del auto.

—Si necesitas cualquier cosa, llámame. Lo que sea. Yo mismo hablaré con tu jefa. No te preocupes por el trabajo ahora. Ocúpate solamente de tu mamá.

Sus palabras me reconfortaron como un café con leche caliente en una mañana fría. Era un alivio trabajar en un lugar donde mi familia y yo importábamos de verdad.

Mis hermanos y yo llegamos casi al mismo tiempo y nos abrazamos en silencio antes de entrar a verla.

Durante las siguientes treinta horas no dejamos sola a mamá ni un instante.

Aquella noche, Gustavo insistió en que Lynette y yo regresáramos a casa aunque fuera unas horas para bañarnos y descansar un poco. Él se quedaría en el hospital vigilándola. Mi presión arterial había comenzado a subir y me sentía completamente agotada, física y emocionalmente, así que terminé aceptando.

Pero apenas pude dormir.

A las dos de la madrugada decidí regresar al hospital.

En esa época Phil y yo vivíamos en Odessa, un suburbio de Tampa situado a unos veinte kilómetros de donde habían ingresado a mamá. Tomé la Veterans

Capítulo 21 – El baile

Expressway para llegar más rápido y, mientras avanzaba por aquella autopista casi vacía, una certeza helada se instaló dentro de mí.

Hoy es el día en que mi madre va a morir.

El pensamiento me atravesó con tal claridad que me estremecí.

Cuando llegué, intenté convencer a Gustavo de que fuera a descansar un rato a casa, pero se negó.

A la mañana siguiente, el médico entró finalmente en la habitación y nos informó que mamá ya no tenía actividad cerebral. Luego, con voz serena y profesional, nos recomendó desconectarla de la máquina que la mantenía con vida.

Mi hermana acababa de llegar. Los tres nos quedamos mirándonos en silencio mientras el médico esperaba una respuesta.

—Yo no puedo dar esa orden —dije finalmente con la voz rota—. Ustedes dos decidan.

Mi hermano me dio una palmada suave en el brazo.

—Tuvimos la bendición de tenerla con nosotros todos estos años, Tania. Pero ya es hora de dejarla descansar.

Salí corriendo de la habitación y le grité desde el pasillo:

—Haz lo que tengas que hacer, pero no me pidas que mate a mi madre.

Lynette salió detrás de mí y me abrazó con fuerza.

—Mi hermanita...

Así me llamaba desde niñas, aunque yo fuera la mayor.

—Yo no quiero que mamá se muera —le dije llorando.

—Ni yo tampoco.

Capítulo 21 – El baile

Al final, Gustavo tomó la decisión que los médicos recomendaban.

Entonces reunimos a toda la familia en la habitación para despedirnos de ella. Estábamos todos allí, exactamente como mamá hubiera querido.

Cuando el médico retiró el tubo de respiración, mamá comenzó a luchar por cada bocanada de aire. Verla así me resultaba insoportable.

—¡Denle más medicina para que pueda relajarse! —les grité a los médicos y enfermeras desesperada.

Pero una de las enfermeras me respondió con suavidad:

—Si le damos más, esos medicamentos podrían matarla.

La miré con una expresión vacía.

—¿Pero no está muerta ya? —pregunté.

Nadie respondió.

Le pedí a Dalia que orara en voz alta y le pidiera a Dios la paz eterna de mi madre. Mi hermana, mi hermano y yo nos sentamos a ambos lados de su cama, sosteniéndole las manos, acariciándole el rostro.

—Descansa, mamá —dijo Gustavo entre lágrimas.

—Te dejamos ir, mamá —susurré.

No quería que me oyera llorar. Quería que supiera que estaríamos bien.

Cuando el monitor empezó a mostrar un ritmo casi plano, una enfermera nos dijo que le quedaba muy poco.

De repente, Lynette soltó un grito y se inclinó sobre el cuerpo de nuestra madre.

—No, mamá. No quiero que te vayas.

Lo que ocurrió después dejó atónitas incluso a las enfermeras: el corazón de mi madre comenzó a latir con más fuerza.

Capítulo 21 – El baile

—Nunca había visto algo así —dijo una de ellas.

Mamá volvió a jadear.

—¡Está sufriendo! —grité—. No quiero que sufra.

—Es una reacción automática. Su cerebro está muerto —dijo la enfermera.

Pero yo no lo creí. Sentía que una parte de ella seguía ahí.

—Lynette, tienes que dejarla ir —le supliqué—. Ella merece morir en paz.

—Padre nuestro, que estás en el cielo... —comenzó a rezar Dalia en voz baja.

Sostenía el brazo de mi madre con los ojos cerrados. Gustavo rodeó con un brazo la espalda de Lynette.

—Tania tiene razón. Mamá no va a descansar si no aceptamos que se vaya.

Mi hermana asintió y sollozó en silencio.

Yo me incliné junto al oído de mamá y le susurré:

—Vamos a estar bien. Ya puedes descansar. No te preocupes.

Mis hermanos también se acercaron y repitieron:

—Vamos a estar bien, mamá. Estamos listos.

Entonces su corazón empezó a desacelerarse otra vez. Su respiración también. Dalia continuó orando.

Cuando la línea del monitor se volvió casi recta, miré a una de las enfermeras. Ella asintió.

Poco a poco, el rostro de mi madre se fue serenando hasta que dio su último suspiro.

—Ahora está con Dios —dijo Dalia—. Que Dios la tenga en su gloria.

Una de las enfermeras apagó el equipo.

—Lo siento mucho. Tómense todo el tiempo que necesiten.

Las enfermeras salieron en silencio.

Mi hermana se acercó a mí y me abrazó.

Capítulo 21 – El baile

—La perdimos, mi hermanita —me dijo con los ojos llenos de lágrimas.

Mis hermanos y yo acariciamos los brazos y el rostro de la mujer que había sacrificado todo por sus hijos.

Había sido una rosa roja frente a edificios grises. Esperanza en medio del caos. Bondad y amor hechos carne. Mamá había sido nuestra rosa.

Su danza había terminado, pero sus hijos se encargarían de que su espíritu no desapareciera jamás.

La noche en que mi madre murió, Lynette, Gustavo, mis sobrinos y yo nos reunimos en su casa. Cada rincón, cada objeto, la evocaba: el café que había preparado aquella mañana y que no había podido verter en el termo; sus sandalias blancas; la manta marrón que le regalé por Navidad y con la que se cubría para ver televisión; los peluches que le habíamos regalado para que la acompañaran mientras trabajábamos. Y estaban también sus cuadernos.

Uno de ellos tenía escrito "Tania" en la portada.

Gustavo me lo entregó. Más tarde encontró otros, junto con varias cartas.

—Esto también debe ser para ti —dijo.

—Ella quería que publicarás su historia —añadió Lynette.

Recogí los cuadernos, algunos peluches, fotos de mamá y de la familia, y varias muñecas que le había comprado durante mis viajes a Rusia, España, Francia e Italia. Le encantaba que le trajera una muñeca nueva cada vez que regresaba.

—Voy a llevar esto al carro —anuncié.

Aquella noche del 21 de noviembre de 2011 hacía fresco, pero ni una sola hoja del gran roble frente a su casa se movía. Guardé todo en el maletero y, cuando regresaba hacia el portal, agotada, con el peso del duelo sobre los hombros, ocurrió algo inesperado.

De la nada, el viento empezó a girar a mi alrededor.

Nada más se movía. Ni las hojas del roble, ni los arbustos.

Solo mechones de mi cabello, como si un túnel de aire me envolviera.

Un escalofrío me recorrió el cuerpo.

—¿Mamá? —susurré, mirando al cielo.

Y de pronto, el viento cesó con la misma brusquedad con que había comenzado.

Entonces recordé sus palabras:

Cuando yo venga a ti, lo sabrás.

En ese instante empecé a llorar.

Más tarde, cuando logré serenarme un poco, volví a mirar al cielo.

—Te quiero, mamá —dije.

Pensé en contarles a mis hermanos lo que acababa de pasar, pero supe que no me creerían.

Nos quedamos en la casa un rato más, recordando, mientras vaciábamos su armario y empezábamos a organizar sus cosas.

—Voy a donar su peluca a alguien con cáncer —dije.

—También debemos donar su ropa —sugirió Lynette.

—A ella le habría gustado eso —dijo Gustavo.

Esa noche, mientras intentaba dormir sin conseguirlo, se me ocurrió una idea: debíamos crear una pequeña sociedad a nombre de sus tres hijos y transferirle la propiedad de la casa. Así podríamos cumplir sus deseos. Por fin, mis hermanos tendrían un negocio:

Laura Properties, LLC. Decidí llamarlo así en honor a mamá.

Los ingresos del alquiler se destinarían primero a cumplir su deseo de que cada nieto recibiera mil dólares. Después, servirían para ayudar a quien lo necesitara: a un nieto, a un familiar, incluso a un extraño. Su generosidad seguiría viva mientras aquella empresa existiera. De esa manera, su espíritu seguiría dando.

Al día siguiente llamé a Lynette y a Gustavo y les conté mi idea. Estuvieron de acuerdo enseguida.

Seguí trabajando en la historia de mi madre, pero no pude tocar sus diarios sin romperme en llanto hasta dos años después. Cuando me acerqué a los cincuenta, comprendí que había llegado el momento.

Lo que encontré en sus escritos fue invaluable.

Comencé a reescribir su historia con su propia voz y, al hacerlo, llegué a comprenderla como nunca antes. Escribía febrilmente entre semana, de camino al trabajo y de regreso, mientras Phil conducía, y también los fines de semana. Terminar su libro se convirtió en una obsesión.

A veces me sentía como un médium. Las palabras fluían de mi cabeza a mis manos con tal naturalidad que parecía magia.

Un sábado por la mañana me desperté temprano y empecé a escribir, como de costumbre. La casa estaba en silencio. Phil y yo vivíamos solos. A veces aquella quietud me hacía sentir una soledad inmensa, pero escribir me daba un propósito.

Phil estaba sentado en un taburete, desayunando y leyendo un libro, cuando lo interrumpí.

—Ya lo terminé —le dije.

—¿De verdad?

—Sí. Al fin.

—Enhorabuena.

Capítulo 21 – El baile

—Hay algo más —dije, haciendo una pausa—. Todo este tiempo… ella lo sabía.

—¿Sabía qué?

—Que yo publicaría su historia —respondí, respirando hondo—. Y hoy, justo hoy, después de terminarla, encontré esta nota. Nunca la había visto. Estaba escondida detrás de una foto de las bodas de mis padres, en el cuarto donde mamá dormía cuando nos visitaba.

Mis manos temblaban cuando se la entregué.

Phil la leyó en silencio.

Para nuestros hijos y nietos:

Solo les pedimos que se amen unos a otros y que amen a sus esposos o esposas con el mismo inmenso amor que unió a su padre —o abuelo— y a mí.

No importaron las piedras en el camino, los obstáculos, las políticas injustas, los casi doce años de separación. Aun así, permanecimos juntos hasta el final.

Éste es nuestro legado para ustedes. El amor es el sentimiento más hermoso que existe en el mundo.

1964—Nuestra boda

1997 — Año de la muerte de su padre (hasta que la muerte nos separó)

Phil me devolvió el papel.

—Qué raro —dijo.

Poco después descubrimos otro tesoro dentro de un maletín que había pertenecido a mi padre: un pequeño sobre blanco, lleno de sellos, con pedazos de sobres todavía adheridos. Miré las fechas. Todos eran de los años sesenta y setenta.

Entonces lo entendí.

Mi padre había guardado los sellos de las cartas de mi madre durante más de veinticinco años y, más de cuatro décadas después, justo cuando la edición de su historia estaba en marcha, aquel hallazgo me hizo comprender que estaban destinados a la portada de su libro. También encontré una pequeña bandera cubana que mi padre había comprado cuando visitó Cuba. Se convirtió en el fondo ideal para acompañar los sellos en la cubierta.

En mayo de 2015, *Esperando en la calle Zapote*, la historia de mi madre, fue finalmente publicada.

Con ello se cumplía su último deseo. Pero, de alguna manera, su historia no terminaba allí.

Mientras alguien abriera ese libro... mientras alguien leyera sus palabras... mientras alguien se atreviera a soñar con una vida mejor, mi madre seguiría viva. Porque ella había sido mucho más que una mujer que luchó contra la adversidad.

Había sido una rosa. Una rosa que aprendió a florecer incluso cuando la vida parecía empeñada en marchitarla. Para nosotros, sus hijos, su vida había sido una danza constante entre el dolor y el amor, entre la pérdida y la esperanza. La danza de la rosa. Su danza había terminado. Pero la fragancia de su vida —su valentía, su sacrificio, su fe en el amor y en la familia— seguiría flotando en nuestras vidas y en las de quienes leyeran su historia.

Hay rosas que nunca mueren, aun cuando se le caen sus pétalos porque viven en la memoria. Ella tampoco moriría. Mientras alguien lea su historia, mientras alguien se atreva a soñar, la danza de la rosa continuará para siempre.

Capítulo 21 – El baile

La primera foto fue tomada en Cuba, dos años después que mi padre se fuera. La segunda es de mi madre y yo el día de mis quince. La tercera, de mis hermanos y de mí, fue tomada en 2015 durante el evento de mi primer libro, *Esperando en la calle Zapote*.

Colección de testimonios

En honor a quienes emigraron a los Estados Unidos de todas partes del mundo en busca del sueño americano. En honor a quienes se atrevieron a soñar. Sus sacrificios araron el camino para sus futuras generaciones.

Familia Acosta: Deseando vivir en un país libre, la familia Acosta (esposo, esposa y dos hijos) salió de Cuba en el 1968 a través de Varadero, en los Vuelos de la Libertad. Un avión de la aerolínea PanAm los llevaría a Miami. La familia Acosta rinde homenaje a Ricardo Acosta, Miriam Quintero (Miriam Quintero González), Miriam de Los Ángeles Acosta Quintero (hija) y Ricardo Francisco Acosta Quintero (hijo).

Félix Acosta Domínguez: En el 1992, el ex prisionero político, el Sr. Acosta salió de Cuba, acompañado por su esposa e hijo de cuatro años, Jarry Robertson Acosta. Su salida fue posible gracias a un acuerdo entre Cuba y los Estados Unidos.

Marilyn Álvarez: Los padres de Marilyn, Roger y Rafaelina Álvarez, salieron de La Habana en el 1965 como parte de los Vuelos de la Libertad. Marilyn honra a sus padres por trazar el camino para que su familia y sus futuras generaciones vivieran en tierras de libertad.

Victorino Álvarez: Victorino nació en la provincia de Camagüey, Cuba, y trabajó como gerente de la Azucarera Macareno, un puesto que le permitió darle a su familia una vida cómoda. Es decir, hasta 1959, cuando triunfó la revolución de Castro y la tierra que Victorino había heredado de su padre fue confiscada por el nuevo gobierno. Desde entonces, soñaba con el día en que pudiera volver a vivir en un país libre. Una de sus hijas y un nieto salieron de Cuba en el 1968, pero a Victorino y a su esposa, Esperanza Núñez Junco, todavía les quedaba otra hija en Cuba. Esa hija y su esposo perdieron sus vidas en un accidente automovilístico, cuando un hombre que manejaba ebrio los atropelló.

Finalmente, Madeline Viamontes, la hija que había viajado a los Estados Unidos en el 1968, reclamó a Victorino y a su esposa. Llegaron a Tampa en noviembre del 1993. Su felicidad era palpable desde el momento en que sus pies tocaron tierra. Finalmente, después de más de treinta años, Victorino había logrado volver a vivir en libertad, lo que fue para él una experiencia muy emotiva.

Victorino falleció a tan solo tres meses de su llegada.

Graciela Beatriz Acuña (autora): Procedentes de Argentina, Graciela y sus padres emigraron a los Estados Unidos en el 1968. Su padre había estado tratando de obtener visas desde 1957, cuando Graciela tenía cinco años. Su padre fue el primero en salir, seguido seis meses después por su esposa y su familia. El padre de Graciela fue exitoso en Estados Unidos. Ella les debe a sus padres todo lo que tiene.

José Bello: En 1959, triunfó la revolución de Fidel Castro. En 1962, la abuela materna de José, quien tenía seis hijos, inició el proceso de obtención de visas para dos de ellos: el padre de José, el mayor, y un tío de José. Ambos estaban casados y tenían hijos pequeños. En 1967, las visas del padre de José llegaron y él y su esposa se fueron, con sus dos niños pequeños (Ana y José). A la familia se le permitió traer sólo algunos artículos de ropa en su vuelo de Camagüey a La Habana, a bordo de un pequeño avión.

Desde La Habana, volaron a Miami y pasaron tres días en Freedom House. Después de vestirse con ropa de invierno, la familia voló a Chicago, su destino final, donde vivía la tía de José y su familia.

La familia de José sufrió un choque cultural después de salir de una isla tropical y llegar a Chicago el 14 de febrero de 1967, a inicios del invierno, sin saber hablar inglés y con dos niños menores de cinco años. Aunque la madre de José había sido contadora en Cuba y su padre, camionero, la pareja encontró trabajo en una empresa de embalaje. Diez años más tarde, la familia se mudó a Tampa, Florida, donde compraron una casa.

El padre de José falleció en 1991. Sin embargo, sus hijos y nietos ahora continúan disfrutando del sueño americano por el que él dejó atrás Cuba.

Teresa Bonnin: Puede encontrarla bajo el nombre de Teresa García Jorge.

Norma Camero Reno: Norma emigró a los Estados Unidos desde El Tigre, Venezuela. Su país, como Cuba, ha sido devastado por un gobierno socialista. Salió de Venezuela hace treinta y siete años y llegó a los Estados Unidos para buscar una vida mejor para ella y sus hijas. Norma y su difunto esposo trabajaron arduamente en la crianza y educación de sus hijas. Ella es un ejemplo del sueño americano, al haber logrado maestrías en derecho internacional y en negocios internacionales en la Universidad de Stetson.

Mientras estaba de visita en Venezuela, a raíz de la transformación socialista bajo el régimen castrista-chavista, consideró necesario iniciar la lucha por su patria, apoyando a grupos de estudiantes que la defendían. También creó la Fundación MOVE (Movimiento Organizado de Venezolanos en el Extranjero) y comenzó a enviar alimentos y medicinas a su pueblo, un esfuerzo iniciado cuando su país estaba bajo el opresivo gobierno de Hugo Chávez y que ha continuado con Nicolás Maduro. Ella se ha unido a otras organizaciones para continuar enviando ayuda a Venezuela y trabajar por la recuperación de la democracia y la libertad. Hasta el día de hoy, su lucha continúa. Ella les escribe a representantes y senadores estadounidenses y realiza viajes al Congreso de los Estados Unidos para dar a conocer la situación política y económica de los venezolanos. Ella cree que sus esfuerzos están comenzando a dar fruto, ya que poco a poco los Estados Unidos ha empezado a castigar a los secuaces del régimen Castro-Madurista.

Jackie Chalarca: Jackie Chalarca emigró a los Estados Unidos desde Medellín, Colombia, en el 1986.

Su esposo, José Gallegos, emigró de Buenos Aires, Argentina, en el 1990, y la pareja se casó en Nueva York. Jackie completó estudios de postgrado en la Universidad St. Leo y su esposo se convirtieron en maestros mecánicos certificados. Viven en Valrico, Florida y tienen un hijo, que se graduó de la Universidad de la Florida Central en el 2016. Según Jackie, estar en los Estados Unidos ha sido la experiencia más desafiante y gratificante de su vida.

Giovanny Chalarca: Giovanny vino De Medellín, Colombia, en el 2013. Inmigrar a los Estados Unidos ha sido una gran experiencia para él. Le ha permitido conocer una nueva cultura y valorar las diferencias. Pero, aún más importante para Giovanny, ha sido su habilidad para establecer metas y hacer realidad sueños que él no hubiese podido lograr en Colombia.

Cindy Chindanusorn (anteriormente Cindy Wells): La madre de Cindy, Diep Nguyen, tenía treinta y siete años el 27 de septiembre de 1989, cuando ella y sus cuatro hijas abandonaron su hogar natal en Hue, Vietnam, para venir a los Estados Unidos en busca de oportunidades y de una mejor vida. Diep nunca había asistido a la escuela y no hablaba inglés, pero su voluntad de sobrevivir y su amor por sus hijas la impulsaron a hacer lo necesario. Diep conoció a Jerry en noviembre de 1989 y, poco después, les dio a sus hijas un padrastro. Ella llevaba a las niñas a recoger latas en los basureros del vecindario para ayudar a su nuevo esposo, quien era dueño de un pequeño negocio de carteles.

Cindy y su familia vivieron en los proyectos hasta que ella era adolescente. A través de su persistencia, trabajo duro e inteligencia natural, su madre y su padrastro tuvieron varios negocios exitosos, desde un restaurante y una granja, hasta un salón de uñas. Su padrastro falleció en el 2007 y su madre, que ahora tiene sesenta y cinco años y se jubiló, vive con Cindy, su esposo y su hijito de 19 meses.

Cindy fue la primera persona de su familia en graduarse de la universidad. Ella le debe todo a esta mujer fuerte, que, a pesar de las dificultades y de comenzar con nada, hizo todo lo posible por crear una vida mejor para ella y sus hijas.

Ramón Docobo: El padre de Ray Docobo, Ramón F. Docobo, emigró a Tampa, Florida, desde Ribadeo, provincia española de Lugo, en Galicia, en 1959. Habiendo sido médico en España, tuvo que trabajar como enfermero durante casi un año antes de enviar por su esposa, Ramona V. Docobo y por sus dos hijos. En febrero de 1960, la familia se reunió en Tampa, Florida. Finalmente, Ramón volvió a trabajar como médico hasta su jubilación.

Él y su esposa tuvieron dos hijos más en Tampa, donde toda la familia aún reside.

Lissette Farinas: Lissette llegó a los Estados Unidos en busca de libertad en 1995 en un vuelo directo desde La Habana.

Familia Fernández: María, su esposo (Mario) y sus dos hijas salieron de Cuba a través de Costa Rica en 1983. Su familia fue objeto de actos de repudio en 1980, tras que su hermana abandonó Cuba junto con su familia durante el éxodo del Mariel.

Mario había solicitado salir de Cuba en 1970, pero no lo aprobaron por ser un profesional. En el año 1971, a Mario y a un grupo de profesionales que había presentado para irse del país, los mandaron a trabajar forzosamente en los campos de Güira de Melena junto a otros presos comunes.

Después del éxodo del Mariel, aunque no lo habían dejado salir del país por ser profesional, tampoco le permitieron ejercer su profesión. María, arquitecto y su esposo, ingeniero, habían perdido sus trabajos profesionales en el 1980 y para sobrevivir, María tenía que comprar guayabas en el mercado negro. Cocinaba durante todo el día y vendía mermelada en el barrio. Mario trabajó recogiendo basura cuando, después de que 125 mil personas se marcharan por el Mariel, la basura comenzó a amontonarse en las calles. Más tarde, trabajó en un parque, cortando hierbas con un machete, y de noche en la construcción.

Al llegar a los Estados Unidos en 1983, Mario comenzó a estudiar para revalidar su título, aunque trabajaba todo el día. María trabajaba e iba a Miami Community College. No tenía transporte y caminaba más de quince cuadras hasta su trabajo.

Mario recibió su certificación de ingeniero y tuvo un exitoso negocio de consultoría de ingeniería hasta que se retiró. María trabajó por más de 21 años para el estado. Sus dos hijas son profesionales: una es CPA (contador público) y la otra, ingeniera. María siempre dice:
—Querer es poder. El que no sueña no llega.

Patricia Ford González: Patricia honra a su padre, Fernán González, de España, quien llegó a los Estados Unidos en el 1916. A su llegada, trabajó primero en la industria tabaquera. Cuando tenía veintitantos años, abrió una panadería con seis socios, pero eventualmente fracasó, por lo que tuvo que regresar a la fábrica de tabacos. Siempre amó su país natal y viajaba a menudo para traerles ropa y otros bienes a sus parientes. Aunque nunca dominó bien el inglés, aprendió a comunicarse con las pocas palabras que conocía. Fernando era un hombre bueno y decente que amaba a su familia. Falleció a los 68 años.

Teresa García Jorge (Teresa Bonnin en la actualidad): Se esperaba que Teresa pudiera salir por Camarioca en el 1962, pero los vuelos fueron cancelados. Finalmente salió el 4 de abril de 1967 a través los Vuelos de la Libertad, en un avión de PanAm. Viajó con sus padres, Rafaela Jorge Turiño y Valerio García Herrera a quiénes ella honra por sus sacrificios.

Carlos Hernández (socio de una firma de contabilidad): La abuela de Carlos, Lázara Olga Colón Martínez, era descendiente directa de Diego Colón, uno de los primeros alcaldes de Puerto Rico y uno de los hijos de Cristóbal Colón. Lázara y sus antepasados emigraron de Puerto Rico a Cuba.

El abuelo de Carlos, Manuel Antonio Sed Rodríguez, y sus antepasados emigraron de las Islas Canarias (España) y de Francia a Cuba. Manuel había aprendido un inglés perfecto durante el tiempo que trabajó en Nueva York entre los dieciocho y los veinte años.

Lázara y Manuel se casaron en Cuba y tuvieron tres hijas. El 11 de septiembre de 1962, la familia viajó a los Estados Unidos. Mientras vivía en Cuba, Manuel tenía una imprenta en Santa Clara, Las Villas, el lugar de nacimiento de Lázara. La Imprenta Sed fue la primera imprenta fundada en Santa Clara. Cuando Castro y sus revolucionarios se apoderaron de Cuba, este negocio fue confiscado, junto con todos los objetos personales de Manuel. Un funcionario le dijo que todo lo que poseía se había convertido en propiedad del gobierno. Esa fue la única vez que la madre de Carlos vio a su padre llorar.

Cuando la familia llegó a los Estados Unidos, el primer trabajo de Lázara fue como modista en West Palm Beach, Florida. Su segundo trabajo era como profesora de español en la escuela Northboro Junior High, ya que tenía un diploma de maestra. El primer trabajo de Manuel fue en Indian Town Printing en Indian Town, Florida.

En 1965, Manuel abrió su propio negocio de impresión en Miami y lo llamó Peninsula Printing. Fue dueño de este negocio durante muchos años; finalmente, lo vendió y se retiró. Manuel siempre amó a los Estados Unidos y allí descansa su cuerpo eternamente.

Celina Jozsi: A principios del 1961, Blanca Ponte, entonces de diez años, les aseguró a sus padres que cuidaría de su hermana, Celina Ponte (Jozsi), quien tenía entonces ocho años. Las hermanitas se fueron solas de Cuba mediante el programa Operación Peter Pan para escapar del comunismo y viajar a los Estados Unidos. El programa secreto ayudó a más de 14 mil niños irse solos de Cuba.

Las niñas pensaron que nunca volverían a ver a sus familias. En Miami, Blanca y Celina fueron llevadas a un antiguo campamento militar durante un mes, antes de ser enviadas a un orfelinato en Illinois durante más de un año. Cuando finalmente se reunieron con sus padres, enfrentaron la hambre, vivieron en proyectos y atravesaron muchas otras dificultades. Ambos padres encontraron trabajos de baja categoría —un marcado contraste con la posición de su padre en la Corte Suprema de Cuba y con la profesión de su madre como maestra.

No tenían teléfono ni carro y caminaban a la escuela. Pero su perseverancia pudo más que los trabajos que pasaron. Obtuvieron títulos de maestría, salieron de la escuela libre de deudas y lograron carreras exitosas. Celina, una profesora universitaria, siempre les ha comunicado a sus hijos, Cristina y Carlos, la importancia de apreciar el verdadero valor y el costo de la libertad.

Moraima Labastilla Sierra: Moraima nació en La Habana y se convirtió en maestra en 1956. Durante la Invasión de la Bahía de Cochinos, el 17 de abril del 1961, fue detenida por el gobierno comunista de Castro y liberada poco después. Cuando llegó a Miami en el 1961, se dedicó a ayudar a más de dos mil cubanos a abandonar la isla. En 1961, fundó y se convirtió en la presidenta del Municipio de Güines en el Exilio, una organización que ayudó a las personas de su ciudad natal, residentes en los Estados Unidos. Además, trabajó durante treinta años en Miami en el programa Head Start, donde desempeñó el papel de un ángel, ayudando a miles de familias necesitadas.

Sus tres hijas, Moraima, Luly y Madelyn, graduadas universitarias (y dos de ellas educadoras), honran la memoria de su madre al inculcarles a sus hijos y sobrinos los valores que ella les enseñó.

Clarissa Lima: En marzo de 1980, a la edad de trece años, Clarissa Lima viajó a España mediante el plan de reunificación familiar. En julio de ese año inmigró a los Estados Unidos. Clarissa se graduó de la Universidad del Sur de la Florida con una licenciatura en psicología. Actualmente enseña lectura intensiva en octavo grado en una escuela intermedia de Tampa, Florida.

Nilda J. Llanes: Después de varios intentos fallidos de salir de Cuba, Nilda salió de La Habana por avión en el 1999. Su esposo obtuvo una visa para viajar a los Estados Unidos mediante el sistema de lotería.

Allen Luo: Allen emigró de China a los Estados Unidos en el 1997. Tenía diecisiete años y nunca había estado sin sus padres, ni hablaba inglés. Primero vivió en un dormitorio durante su secundaria y después se fue a la universidad y completó una maestría en administración de empresas. Hoy, trabaja como administrador de sistemas y vive en Tampa.

Meidy Mendoza: Meidy salió de Cuba el 28 de julio de 1961, vía Jamaica. Llegó a Miami el 20 de agosto de 1961.

Daisy Metz: Daisy salió de Colombia con sus padres y dos hermanos menores en 1968 siendo una niña. Sus padres querían darle a su familia un futuro mejor. Daisy creció y asistió a la escuela en los Estados Unidos. Después de tener tres hijos, uno de los cuales perdió en un trágico accidente automovilístico, regresó a la escuela, mientras trabajaba ocho horas diarias y criaba a sus dos hijos restantes. En 2017, Daisy se graduó con una licenciatura en contabilidad, una tarea difícil de cumplir, especialmente después de haber perdido parte de sí misma.

Pilar Ortiz: periodista, autora y oradora. En 1993, en Colombia —como reportera televisiva novata— tuvo la oportunidad de cubrir la muerte de Pablo Escobar, uno de los traficantes de drogas más peligrosos de todos los tiempos. Fue su primera vez en vivo en televisión y tuvo que superar el miedo mientras se preparaba para la oportunidad de toda una vida. En 1998, tras lograr un gran éxito en Colombia, decidió trasladarse a los Estados Unidos y comenzar de cero. No conocía a nadie, no tenía trabajo y no sabía inglés, pero superó estos retos y tuvo éxito en su país adoptivo. Después de veinticinco años de experiencia en la radiodifusión, incluyendo ser directora de cine y noticias durante once años en Univision Tampa (donde construyó el primer equipo de noticias en español), Pilar creó un proceso —The Speak Easy System— para ayudar a líderes, ejecutivos, empresarios y empresas a identificar y entregar su mensaje de manera auténtica y eficaz para que puedan influir a los demás, promover su misión e impactar al mundo. El libro de Pilar, disponible en español e inglés, es *Camino al Éxito: Todos Arrancamos Aquí*, una herramienta inspiradora y poderosa para superar obstáculos y tomar decisiones sólidas. Comenzó a trabajar en el libro cuando fue despedida de Univision Tampa debido a una gran reducción del personal. Este obstáculo catapultó su carrera y su negocio a un nuevo nivel. Ella decidió quedarse en Tampa, como ella dice, porque —soy una colombiana orgullosa de nacimiento, una hispana orgullosa de su herencia y una estadounidense orgullosa por elección—. En 2014, fue nombrada Mujer Hispana del Año de Tampa. Info@PilarOrtiz.com PilarOrtiz.com (727) 557—5656.

Lina Madeline Pérez: A principio de 1980, Lina y su familia sufrieron actos de repudio en La Habana, en la esquina de las calles Santos Suárez y Dureje. Su abuelo viajó a Miami en 1981 y el resto de la familia permaneció en Cuba, sin poder conseguir trabajo debido a la discriminación contra quienes querían irse. En 1983, la familia viajó a España. Finalmente, inmigraron a los Estados Unidos.

Alfredo Portomeñe: Alfredo salió de Cuba el 15 de octubre de 2000, trabajó en un hospital durante muchos años y se retiró. Vive con sus hijos y nietos en Miami.

Armando Riera, RN, MSN, NPBC: Armando emigró de Cuba en 1980 como parte del éxodo del Mariel. Su objetivo era buscar la libertad que le había faltado en su país natal. Antes de abandonar a Cuba, había comenzado la escuela de medicina y esperaba continuar sus estudios en los Estados Unidos, pero la vida tenía otros planes. Durante la peligrosa travesía, se enfermó gravemente, e incluso pensó que no llegaría con vida. Cuando la muerte le parecía tan cercana, recordó a su padre, quien había fallecido cuando él tenía sólo catorce años. Su padre siempre había soñado con vivir en un país libre. Armando sabía que le correspondía cumplir ese sueño.

A su llegada a los Estados Unidos, Armando comenzó a trabajar como camarero en un restaurante de Miami. Luego trabajó en un hospital como asistente de transporte, mientras cursaba la escuela para convertirse en técnico del salón de operaciones. Una vez que había logrado ese objetivo, las enfermeras lo alentaron a estudiar enfermería. Con mucho sacrificio y trabajo, logró ese objetivo, completando los diplomas de asociado, de bachillerato y de maestría. Armando es sumamente activo a nivel local, regional y nacional como parte de varias organizaciones profesionales.

Su jefe le pidió que ayudara a revitalizar el grupo de Miami de la Asociación Nacional de Enfermeros Hispanos (NAHN). Él aceptó el reto y ha estado involucrado desde entonces. Su asociación con la organización NAHN le ha brindado la oportunidad de ayudar a enfermeros hispanas, así como a los pacientes que estos atienden en la comunidad de Miami.

Armando ha cumplido con el sueño de su padre de no solo vivir en libertad y aprovechar las oportunidades que ofrece Estados Unidos, sino también crecer profesionalmente y devolverle un poco a este gran país que tanto le ha dado a él y a su familia.

Patsy Sánchez: Patsy tenía trece años cuando salió de La Habana en mayo de 1980, durante el éxodo del Mariel. El 15 de mayo, ella y su familia fueron rescatadas en el mar por la Guardia Costera de los Estados Unidos. Patsy llegó a Tampa, Florida, se graduó de la Universidad del Sur de la Florida y triunfó en su vida profesional. Debido a su trabajo en la comunidad, fue reconocida en 2016 como Mujer Hispana del Año por la organización Tampa Bay Heritage, Inc.

Betty Viamontes (autora): Me sumo a esta lista para honrar a mi madre, Milagros Valdés. Nacida en Cuba en 1939, durante la Segunda Guerra Mundial, era nieta de inmigrantes españoles. Su madre, Ángela, estaba más allá de su época. Cuando no era común que las mujeres estudiaran, Ángela se convirtió en una modista de alta costura e insistió en que sus dos hijas tuvieran educación. Gracias a mi abuela, mi madre y mi tía estudiaron en la universidad.

Cuando mi madre conoció a mi padre, él era gerente de una fábrica de ventanas en La Habana. Ellos se casaron un par de años después de haber sido muy buenos amigos y fueron bendecidos con tres hijos, pero sus vidas se desvanecieron rápidamente tras el nacimiento de su último hijo. Mi padre abandonó a Cuba en 1968, cuando yo tenía tres años; mi hermana, Lissette (Lynette en el libro), dos; y mi hermano, René (Gustavo en el libro), sólo tenía tres meses. El gobierno de Castro les prohibió a los cubanos salir, y nuestra familia se separó durante doce años. Durante muchos de esos años, mi madre trabajaba doce horas al día y los fines de semana para alimentar a sus hijos. Recogía dinero de las bodegas, trabajaba como maestra y vendía productos en el mercado negro. A pesar de estas dificultades, ella siempre encontró tiempo para ayudar a los menos afortunados.

Después de pasar unos días en el campo de concentración El Mosquito, finalmente salimos de La Habana el 26 de abril de 1980, en un barco camaronero, una noche en la que muchos hombres, mujeres y niños perecieron en el mar. Con trabajo y sacrificio, mi familia prosperó en los Estados Unidos y le agradece a mi madre por haber creído siempre en la promesa de América y a mi padre por esperar a su esposa e hijos durante doce años. También les damos las gracias a mi tía y mi tío por apoyar a mi madre. El nombre de mi madre era Milagros y fiel a su nombre hizo muchos de ellos. Ella nos enseñó a trabajar duro y a no darnos por vencidos, valores que tomamos muy en serio. Mi hermano es empresario, inventor y gerente de una empresa de espejos. Ha sido presentado en revistas debido a su experiencia. Como hacía mi madre cuando vivíamos en Cuba, trabaja doce horas al día, incluso los fines de semana, para darles a sus cuatro hijos una vida mejor. Mi hermana ha trabajado en un hospital durante más de veinte años y ayuda a su esposo en su negocio. Soy administradora de finanzas de un hospital, un CPA, oradora y empresaria. También estoy orgullosa de haber sido designada por el Gobernador Scott de Florida para la Junta de Síndicos del Hillsborough Community College. Como maestra, mi madre siempre enfatizó la importancia de la educación. Mi participación en este foro me permite apoyar la educación en nuestra comunidad y honrar a la mujer que lo sacrificó todo por el futuro de sus hijos. También le agradezco a mi esposo, Iván (Phil en el libro), por todo su apoyo durante más de treinta y tres años de matrimonio. A mi hijo, que trabaja como vicepresidente de auditoría interna, gracias por hacer que tu país de nacimiento—mi país adoptivo—esté orgulloso de ti.

Mayda Vallejos Ramírez: Mayda, su hermana y su madre vinieron a los Estados Unidos durante el éxodo del Mariel en 1980. Trajo a su hijo de cinco años con ella, pero su padre fue rechazado por el gobierno cubano, aunque le dijeron podría salir al día siguiente. Tardaron ocho años en reunirse de nuevo. Ángel M.

Ramírez, padre de Mayda, partió en 1988 en un vuelo desde La Habana a Jamaica y en otro a Estados Unidos.

Honramos a Mayda y a su familia: Mayda Ramírez Martínez, ahora Mayda Vallejos Ramírez; Daisy Ramírez Martínez; María Teresa Martínez; y Erick, hijo de Mayda y a Ángel M. Ramírez.

Maritza Venta: Maritza salió de La Habana, Cuba, el 11 de septiembre de 1985 para viajar a Panamá. Finalmente llegó a los Estados Unidos el 17 de marzo de 1988. Su padre se quedó en Cuba. No lo ha visto desde hace más de treinta y dos años porque no se le ha concedido una visa. Ella afirma que no viajará a Cuba mientras el gobierno actual permanezca en el poder.

Ciro Viamontes: Ciro salió de Cuba el 29 de enero de 1962. Su esposa e hijos lo siguieron en marzo de ese año. Estaban entre las primeras cincuenta familias que fueron reubicadas de la Florida a Massachusetts. Ciro era pro-Batista y su esposa, Georgelina, fue juez y perdió su empleo cuando Castro llegó al poder.

Georgelina trabajó como asistente social en la ciudad de Nueva York durante muchos años. Completó todos los trámites legales para ayudar a sus familiares a salir de Cuba. Gracias a los sacrificios de Ciro y Georgelina, los padres de Ciro, todos sus hermanos y hermanas y otros miembros de la familia pudieron salir de Cuba.

Familia Viamontes: Originalmente de Camagüey, Cuba, la familia (Guillermo y Madeline, esposo y mujer y su hijo de cuatro años, Ivan) salieron de Cuba en 1969 desde Varadero, en un vuelo fletado a través de los Viajes de La Libertad. Durante la invasión de la Bahía de Cochinos, Guillermo Viamontes fue detenido político en Cuba durante nueve días. Los funcionarios gubernamentales lo sometieron a torturas psicológicas haciéndolo abrir huecos en la tierra del tamaño de una tumba y amenazándolo con darle un tiro en la cabeza. La familia le agradecerá eternamente a Ciro y a Georgelina Viamontes (RIP) por ayudarlos a salir de Cuba.

Nina Vázquez: Nina salió de Cuba en 1941 para viajar a Estados Unidos, gracias a una beca que había ganado. Se fue de La Habana en un barco. Tenía sólo diecisiete años y una pareja fue asignada a cuidarla. El barco la llevó a Nueva Orleans y, desde allí, viajó en autobús a Kansas City. Cuando llegó a la Universidad de Santa María (anteriormente St. Mary's College), nadie hablaba español y ella no hablaba inglés. La gente en Kansas sabía muy poco sobre Cuba y, después de que ella pudo aprender algo de inglés, los estudiantes le empezaron a hacer muchas preguntas. Fue invitada con frecuencia a cenar en sus hogares, ya que estaban muy interesados en su historia. La Segunda Guerra Mundial estaba en pleno apogeo mientras ella asistía a la universidad. Se graduó con una licenciatura en música. Entonces se mudó a Miami, donde conoció a su primer esposo mientras tocaba el piano en un hotel de Miami Beach. La pareja se casó y tuvo un hijo, pero su esposo falleció cuando ella aún tenía veintitantos años. Continuó tocando el piano y conoció a su segundo esposo en la Ciudad de Miami. Era el gerente del hotel donde trabajaba. La pareja tuvo tres hijos. Nina estaba cansada de trabajar por la noche, así que ella y su esposo decidieron mudarse de Miami a Tampa, donde vivía su familia. Nina asistió a la Universidad de Tampa y estudió para convertirse en maestra de primaria. Su segundo esposo falleció cuando ella tenía cincuenta años, hace más de cuarenta años. Ella nunca volvió a casarse, pero siguió viviendo con sus hijos y nietos en Tampa, donde todavía vive. Tiene noventa y tres años. Cuando se retiró, había enseñado a los estudiantes de la escuela primaria durante veintiséis años.

Agradecimientos

Quiero agradecer de todo corazón a las personas sin cuyas contribuciones este libro no hubiera sido posible:

María Fernández: Mi tía, la mujer que ayudó a mi madre a criarme, y un valioso recurso que proporcionó información sobre nuestras vidas en Cuba y lo que sucedió después de que salimos de La Habana en 1980.

Cecilia Martin: Por ayudarme a promover mis libros y alentarme durante el proceso de escritura.

Gabriel Cartaya: Mi talentoso editor, por todos sus consejos y su apoyo a lo largo de los últimos años.

Kayrene Kelley Smither: Una lectora que conocí en Facebook. Desde que leyó mi primer libro, *Esperando en Zapote Street,* me ha ayudado mucho. Ha leído los borradores de mis dos últimos libros (en inglés). Kayrene, eres uno de los muchos ángeles que he encontrado en el camino. Un fuerte abrazo. Dios te bendiga.

Ivan Viamontes (mi esposo): Gracias por ayudarme a editar algunas partes de mis libros y por apoyarme durante más de treinta años. Hemos estado juntos desde que éramos prácticamente niños. Tú eres mi amigo, mi confidente y el amor de mi vida.

Madeline Viamontes (mi suegra): Por escucharme durante la traducción al español de este libro. Después de estar en este país adoptivo durante tantos años, mi inglés se ha convertido en mi primer idioma y mi español se ha erosionado por el poco uso. Gracias por ayudarme a usar las palabras correctas. Cuando mi madre estuvo en sus últimos días de su vida, ella te dijo:

—Cuida a mi hija.

Gracias por ser como una madre cuando la mía fue al cielo.

Mi hermano, René, y mi hermana, Lissette: las personas más increíbles que conozco y la personificación de la amabilidad y del trabajo duro. Gracias por hablarles a sus amigos sobre los libros de mamá. Ya saben cómo era ella, siempre hablándoles a todos de lo que pasó. Ahora es nuestro turno de continuar con su trabajo. A mi hermana, gracias por compartir conmigo lo que sucedió cuando me fui de casa.

Mi madre, Milagros (Mily): Mamá, si nos miras desde el cielo, espero que sigas orgullosas de tus hijos. Tus sacrificios no fueron en vano. Otro de tus nietos, Alex, el mayor de mi hermana, se casará este año. Encontró a una buena chica. Y así, la familia sigue creciendo. ¿Y adivina qué? Pronto, mi hermano será presentado una vez más en las revistas de su profesión por haber inventado un nuevo producto. También en 2015 fui nombrada por el gobernador del Estado de Florida para integrar la junta directiva de Hillsborough Community College. Sé cuánto valorabas la educación y es-

Agradecimientos

pero honrarte con mis contribuciones a esta asombrosa escuela, que tanto hace por los jóvenes de nuestra comunidad. Mamá, tu nombre era Milagros y cuando veo todas las cosas que tus hijos han logrado, sé que fuiste tú, a lo largo del tiempo, si no en persona, en espíritu, guiándonos, aconsejándonos y asegurándonos de que no importara cuán dura fuera la vida, el sol brillaría al día siguiente. Tu jornada, fiel a su nombre, estuvo llena de milagros. Gracias por enseñarnos que vale la pena vivir la vida.

Mis lectores: Un autor no es nada sin las personas que leen su trabajo. Gracias por tomarse el tiempo para escribir en Amazon y en Goodreads sobre mis libros y para hablarles a otros sobre ellos.

Ed Zebrowski: Otro lector y colega profesional que dedicó su tiempo personal a modificar la imagen que tomé en el sur de Francia, la cual se convirtió en la portada de *La Danza de la Rosa*.

PBS y la CIA: por los siguientes artículos, que proporcionaron información histórica para algunas secciones del libro.

http://www.pbs.org/wgbh/pages/frontline/shows/military/etc/cron.html

http://www.pbs.org/wgbh/pages/frontline/shows/pentagon/maps/4.html

https://www.cia.gov/library/center-for-the-study-of-intelligence/csi-publications/books-and-monographs/a-cold-war-conundrum/source.htm

Agradecimientos

The Miami Herald: Por proporcionar el siguiente artículo sobre los disturbios en Liberty City, Miami en 1980.

http://www.miamiherald.com/news/local/community/miami-dade/article77769522.html

Sobre la autora

Betty Viamontes nació en La Habana, Cuba. En 1980, a los quince años, durante el masivo éxodo del Mariel en La Habana, emigró a Estados Unidos con su madre y sus hermanos. Betty Viamontes completó estudios de posgrado en la Universidad del Sur de la Florida y se trasladó a una exitosa carrera en Contabilidad. También completó un Certificado de Posgrado en Escritura Creativa. Ha publicado una novela autobiográfica que continúa expandiendo su alcance internacional: Esperando en la calle Zapote; una antología de cuentos y poemas, Los secretos de Candela y otros cuentos de La Habana; y varios cuentos cortos y poemas que han aparecido en periódicos y revistas literarias. Su libro, *Esperando en la calle Zapote,* apareció en la página The Latino Author en una lista de los diez mejores libros del 2016.

Betty Viamontes es apasionada de la educación. Ella es oradora para la Universidad del Sur de la Florida y otras organizaciones profesionales y actualmente sirve en la junta de Hillsborough Community College. En 2017, también fue presidenta del Comité de la Conferencia de la Salud del FICPA. Vive en Tampa, Florida con su esposo y su familia.

www.ingramcontent.com/pod-product-compliance
Lightning Source LLC
Chambersburg PA
CBHW050042180626
46810CB00002B/849